Le fantôme au réveil

Jacques Clauzon

Le fantôme au réveil

Triller

Auto édition du même auteur :

- Les disparus de 33

© Clauzon, Jacques 2022
Édition : BoD – Books on Demand, info@bod.fr
Impression : BoD – Books on Demand, In de Tarpen 42, Norderstedt (Allemagne)
Impression à la demande

ISBN : 978-2-3222-5048-6

Dépôt légal: Mai 2022

- "Il est des êtres qui ne peuvent pas supporter la réalité douloureuse et se glissent dans un monde imaginaire, se perdent dans leur rêve intérieur où le tranchant du scalpel de la douleur est émoussé, voire inexistant."

De Goce Smilevski / La liste de Freud

Prologue

« Alors, moi, je me dis moi-même : ce qui arrive à l'insensé m'arrivera aussi, pourquoi donc ai-je été si sage ? Je me dis à moi-même que cela aussi est vanité.

Car il n'y a pas de souvenir du sage, pas plus que de l'insensé, pour toujours.

Déjà dans les jours qui viennent tout sera oublié : Eh est quoi ? Le sage meurt comme l'insensé ! Donc je déteste la vie, car je trouve mauvais ce qui se fait sous le soleil : tout est vanité et poursuite de vent »

Penché sur sa feuille, il relit une dernière fois le chapitre deux de l'Ecclésiaste qu'il vient de copier de sa bible comme ultime testament. Bientôt se déroulera le scénario qui l'amènera au point final, apothéose flamboyante d'une vie décevante.

Mort, il est déjà mort depuis qu'elle l'a traîné devant un juge.

Divorce, deuil, acceptation, reconstruction, voilà les mots des psys en tous genres, "ces chacals qui vivent de la décomposition des âmes". Ils n'avaient pu le guérir de ses angoisses. Leur seul objectif étant de transformer ce cadavre en squelette acceptable pour qu'il puisse continuer à fréquenter la société, en lui laissant des cicatrices douloureuses qui se rouvrent à tout moment.

On supporte plus facilement la vue d'ossements, on les expose, on les vénère même. Alors que la putréfaction, même cachée, empeste l'air des vivants.

Il vit donc toujours dans cette décomposition interne depuis plus un an. Et cela continuera jusqu'à la fin ultime qu'il prépare soigneusement, suivant une chronologie minutieuse...

En attendant, il a enrobé sa puanteur intérieure d'une enveloppe sécurisante pour tout un chacun, faisant semblant de vivre, d'aimer même à nouveau, pour mieux préparer sa sortie.

Dans quelques aventures, il n'a trouvé qu'une partie de ce qu'il cherche.

Certaines des femmes tombées sous son charme lui ont apporté la tendresse et une complicité des corps sans tabous mais n'ont pas réussi à "la faire oublier ".

Avec d'autres il a pu vivre des expériences sportives avec de superbes satisfactions, mais sans entente intellectuelle, ni d'accord réel sur le fond des idées.

Et surtout aucune n'a eu envie de partager avec lui ce mal qui le ronge... Rien de comparable à ce qui lui a été ôté.

Comme ces relations insatisfaisantes ne lui ont pas permis d'être mieux, il a conclu qu'il fallait faire disparaître la cause du mal, et du coup, il a reporté tous ses ressentiments sur "l'Unique", celle qui a détruit sa vie...

I

Flers samedi 26 janvier 2008…

C'est au petit matin, que la sonnerie du téléphone tira Jean-Paul GIRAUDON de son lourd sommeil.

Depuis longtemps ses nuits, longues périodes douloureuses, finissaient toujours par un sommeil sans rêves et, le week-end, il s'accordait une grasse matinée, il n'était que 10h30. Sa voix pâteuse émit un allô rocailleux. Au bout du fil son adjoint très réveillé lui, se lança dans un long monologue parsemé d'exclamation !

Pour un événement c'en était un, il fallait que Jean-Paul, son chef, commandant de police au demeurant, le constate au plus vite.

Que pouvait motiver un tel appel, un samedi matin, du commissariat d'Alençon ville d'ordinaire tranquille ? Un suicide, ou peut-être un meurtre, on ne saurait le dire au premier abord expliqua rapidement son lieutenant.

C'est le facteur qui, vers neuf heures venant livrer un colis à trouvé la porte ouverte et découvert la scène.

À moitié groggy, Jean-Paul enfile du mieux qu'il peut ses vêtements défraîchis habituels et prend la route vers le lieu indiqué dans la banlieue d'Alençon.

Il habite à Flers, sa ville natale, dans une petite maison héritée de ses parents dans un quartier tranquille.

Après son divorce en février 1995, il y a 13 ans, il avait accepté sa promotion au grade supérieur sur Alençon en tant que commandant. En en plus de l'éloigner d'un lieu de vie, qui lui rappelait trop un passé révolu, cela lui apportait une rétribution plus conséquente pour financer l'éducation de ses enfants qui restaient à sa charge.

Il avait alors délaissé l'appartement qu'ils occupaient pour revenir à sa maison natale avec sa mère, qui y vivait seule, depuis la mort accidentelle de son mari, plusieurs années auparavant, sur le chantier qu'il dirigeait en tant que chef d'entreprise.

Celle-ci, décédée à son tour il y a 3 ans, l'avait aidé à aténuer le choc affectif du départ sa femme, autant pour ses enfants que pour lui, en assurant le quotidien de ses deux garçons.

Etant donné ses contraintes professionnelles, il ne lui était personnellement pas toujours facile d'être aussi présent qu'il aurait voulu.

Cependant il était satisfait de leur évolution et de leurs études même s'il ressentait en eux la trace d'une "fracture" affective. Cela les avait poussés dans une sorte de fuite en avant pour quitter le contexte traumatisant, qu'il avait malgré lui entretenu, n'ayant toujours pas digéré la rupture douloureuse qu'il avait subie.

Il avait toujours dialogué avec ses enfants, mais, leurs échanges ne s'étaient jamais approfondis. Ils se résumaient aux banalités de la vie courante et s'étaient même relativement distendus avec le plus grand.

Julien, l'aîné, à la fin de ses études de géologie à Nancy, avait rapidement trouvé du travail dans un site minier en Australie et s'y trouvant bien pensait y faire sa vie.

Le dernier, Cédric, toujours étudiant en pétrochimie à Rouen, envisageait déjà un avenir vers les côtes africaines (Nigéria, Gabon, Congo) d'où il était revenu enchanté après un mois de stage.

Pour Jean Paul, entièrement seul pendant la semaine, son bureau au 62 Place du Général Bonet, est devenu sa résidence principale. Rien ne l'incite plus à rentrer chez lui, il n'y revient généralement que les week-ends ou lors des rares séjours de ses fils.

Après avoir parcouru les quelques 60 kilomètres, distance qui sépare les 2 villes, entrant dans les premiers quartiers, il bifurque à gauche vers le lieu de l'événement.

- Comment orienter cette enquête ?

- Quels sont les points à ne pas négliger tant que les indices restent encore à portée de main ?

Ces réflexions l'accompagnent jusqu'au domicile de la victime où l'attend son adjoint.

Un cordon de sécurité est déjà en place, mais largement au dessus de ce que nécessite le peu de passants en cette matinée de début de week-end.

Roger LYBON son jeune lieutenant l'accueille. Ce dernier, après un bonjour rapide, ne lui dit pratiquement rien de la situation, le laissant découvrir par devers lui la scène pour ne pas altérer son impression personnelle.

C'est comme ça qu'ils fonctionnent depuis le début de leur collaboration, et cela leur a toujours été profitable pour la suite de leurs enquêtes.

Ils pénètrent donc côte à côte dans un petit jardin qui donne sur la rue par un portail en bois à la peinture écaillée.

Une allée en gravier puis un perron en ciment lui aussi en assez mauvais état. Une porte vitrée protégée par une grille en fer forgé, donne l'accès à l'intérieur. Après une petite entrée, ils passent dans une grande pièce au plafond élevé aux poutres apparentes sous lequel a pu être installé un niveau intermédiaire.

En fait, ce n'est pas véritablement un étage, mais plutôt une mezzanine. On y accède par un petit escalier tournant qui permet d'atteindre la partie supérieure de la pièce principale, espace organisé en petit bureau sous la charpente.

À l'angle opposé, un ensemble de cordes est accroché à une poutre. Sur l'une de ses extrémités à côté d'un escabeau, pend le corps d'une femme, le cou enserré par un nœud de pendu classique.

Ce qui l'est moins, c'est le système compliqué qui assure la pendaison.

La victime bâillonnée est suspendue dans une position semi assise jambes tendues, les pieds liés ainsi que les mains dans le dos, les fesses à une cinquantaine de centimètres du sol.

La corde suspendant la victime avec un nœud coulant passe dans un genre de mousqueton, attaché à la charpente. L'autre extrémité est attachée au pied d'une lourde commode en bois avec un épais marbre blanc veiné de gris comme plateau.

C'est le meuble en faisant contrepoids qui assure la pendaison de la victime.

Cette installation, déjà particulière, se complique par la présence d'une deuxième corde (détendue celle-là) fixée au même endroit sur le pied du meuble, passant également dans le mousqueton et orientés vers le pied de la rambarde de l'escalier. Elle devait y être attachée, mais une brûlure à une dizaine de centimètres du point d'attache a coupé sa tension.

A côté de ces deux parties - plus fondues que brulées - est placé un système étrange composé d'un réveil avec des clochettes "à l'ancienne" et d'une pile plate de 4,5 volts. Le cadran n'a ni verre ni trotteuse, deux fins fils de ligne de téléphone sont soudés sur les aiguilles.

La petite aiguille est reliée par le premier fil à la borne positive. De la grande aiguille le deuxième brin se dirige vers la corde brûlée où il retrouve, venant du côté négatif de la pile un autre morceau de câble téléphonique.

Au sol au pied de l'escalier non loin du nœud, une masse noirâtre composée de restants de corde fondue et de résidus métalliques.

L'ensemble semble être un processus de mise à feu artisanal. Les aiguilles, agissant comme un interrupteur, en se touchant ont alimenté en électricité un système pour brûler la corde. Le meuble était maintenu soulevé tant que la corde était tendue.

Une fois brûlée elle a libéré le meuble qui par son poids en retombant a assuré la pendaison de la victime la soulevant alors qu'elle était assise sur le sol. Quelle ait été vivante ou pas, attachée comme elle était, elle n'avait aucune chance d'en réchapper.

- Quelle raison d'utiliser un moyen si complexe pour mettre fin à la vie de cette femme ?

- Qui était-elle ?

- Voilà un début d'enquête qui ne s'annonce pas facile s'inquiète notre policier…

Il ne pensait pas si bien dire, un des agents qui inspectait la maison lui apporta une feuille de papier qu'il avait trouvé sous le meuble, elle avait dû glisser quand celui-ci avait bougé. Sur celle-ci, était imprimée en gros caractères la phrase suivante :

"Car ce seront des jours de vengeance, pour l'accomplissement de tout ce qui est écrit."

— Vous croyez que cela a un rapport avec le meurtre ?

— Ça en a tout l'air répondit le commissaire, remettez-la aux scientifiques pour voir ce qu'on peut en tirer, empreintes, ADN, et autres.

Pour ma part je vais me renseigner sur le texte cela a tout l'air d'un extrait il faudrait avoir l'original en entier, comprendre ce qu'il veut dire et vérifier si ça s'applique à la victime…

Celle-ci, une femme d'une quarantaine d'années ne semble pas avoir subi de violences particulières seules deux traces brunes sont apparentes au niveau du décolleté, brûlures ?

Jean-Paul demande donc à son adjoint de rapidement se renseigner sur elle, son environnement, par une enquête de voisinage afin de savoir si quelqu'un avait été témoin de quelque chose.

Il rejoint alors son bureau pour réfléchir en attendant les conclusions de l'équipe scientifique et du légiste.

Jean-Paul se doute que la journée risque de ne pas apporter grand-chose, et demain dimanche, il sera difficile de mobiliser toutes les équipes pour optimiser le potentiel d'investigation. De plus, l'autopsie ne sera pas réalisée avant le surlendemain.

Du coup cela lui laisse du temps pour se poser un certain nombre de questions.

- Comment le ou les acteurs sont-ils rentrés dans la maison ?
- Pourquoi cette personne en particulier ?
- Qui a les connaissances pour utiliser un tel matériel ?
- Du fait du montage il y a nécessairement préméditation.
- Le texte fait référence à une vengeance : a-t-il un rapport avec la vie de la victime ?
- Pourquoi tuer de cette façon alors qu'il est plus facile de faire autrement ?

Cela veut certainement indiquer que le tueur ne veut pas être sur place au moment fatal, pourquoi ?

Son adjoint vient assez rapidement apporter quelques réponses.

— Il s'agit de Mme Gisèle Faure-Latouche 48 ans célibataire vivant seule d'après ses voisins, mais qui recevait beaucoup à son domicile.

— Beaucoup s'étonne Jean-Paul !

— Oui, mais ce n'est pas ce que vous pensez, rétorque son lieutenant, c'est professionnel, elle exerçait à domicile comme psychiatre !

— Voilà qui nous ouvre des pistes, un membre de sa clientèle ? Il faudra rechercher dans ses rendez-vous ; peut être le dernier ?

— Un rendez-vous un samedi ? Réfléchit Roger à haute voix ! Ce serait un client qui travaille la semaine, ou une urgence ?

— Tu as certainement raison, mais en tout cas il me parait évident qu'il soit connu de la psy, ou alors il l'a déjà contactée. Si je prends le texte comme une revendication de son acte, ce serait alors une vengeance, mais vengeance de quoi ? C'est un point à contrôler…

— OK patron, je me suis aussi orienté vers ce mode opératoire, « original » en attendant les résultats de la scientifique. Il semble que c'est le dispositif du réveil qui a provoqué la pendaison à retardement, un maximum de cinquante neuf minutes le temps que la grande aiguille ait rejoint la petite qui était, elle, sur 12 h (ou 0 h).

— Ça ne nous donne pas l'heure exacte de la mort, dommage dit-il ironiquement, pour une fois qu'on avait une pendule sous la main ! On ne sait pas a quelle heure il a été programmé.

Mais le calcul du temps a dû être réfléchi, du temps pour quoi faire ?

— Y a-t-il des traces de vol ou de recherches particulières demande Jean-Paul ?

— Aucune à première vue, ni traces d'effraction, mais les investigations sont en cours, il a fallu laisser la place aux scientifiques, je ne tarderai pas à le savoir.

— Une autre chose me pose question dit Jean-Paul, c'est l'utilisation de ce genre de corde. Ce n'est pas un diamètre courant, et il me semble que c'est utilisé dans la marine.

Pour soutenir un poids aussi lourd que la commode il faut une résistance particulière, le ou les auteurs devaient avoir l'habitude de l'utiliser, ou pour le moins, bien en connaître les propriétés, au risque que le système ne fonctionne pas.

— C'est une piste que je vais suivre dès lundi, précise Roger, je vais voir du côté des fournisseurs de matériel quincaillerie ou de sport …

— Pour ce soir, je ne vois pas quoi faire de plus déclara-t-il à son supérieur. À part finir ma journée en galérant sur mon ordinateur !

" Nos vielles bécanes supportent tout juste (Vista) cette nouvelle version de Windows installée juste en fin d'année dernière et qui en ce janvier 2008 n'est toujours pas apprivoisée par une grande partie de l'équipe ... (à part la jeune sergent chef Nadine pour qui rien ne semble difficile)" pense Roger en son fort intérieur quittant le bureau de son chef ...

Évoquer Nadine lui rappelait le reportage réalisé par TF1 en novembre 2007, sur la réalité de la vie d'un commissariat de province. Alençon petite préfecture provinciale avait été choisie.

Cela n'avait pas bien intéressé Jean-Paul qui avait désigné la sergent chef Nadine HAUDOU pour accompagner les reporters.

Le fait d'être une jeune femme policière, talentueuse et jolie de surcroît, ne pouvait que donner une bonne image de la police... Les journalistes repartirent très satisfaits indiquant que leur travail serait diffusé dans le courant du premier trimestre de l'année suivante.

— C'est pour bientôt se dit Roger, on a intérêt à boucler cette affaire avant, sinon ça va attirer l'attention sur nous, du coup la pression médiatique risque de nous compliquer la tâche.

II

"Payez la de sa propre monnaie, rendez lui au double de ce qu'elle a fait"

Apocalypse 18.6

Dans sa voiture qui file à bonne vitesse pour rentrer chez lui, "Autoroute Info" annonce dans ses faits divers la mort très particulière d'une psychologue dans l'Orne.

Elle pose beaucoup d'interrogations à la police. N'ayant pratiquement aucune piste, l'enquête s'annonce longue à moins qu'un hypothétique fait nouveau ne survienne dans les prochains jours …

"Un fait nouveau!" pense avec ironie Eric, le conducteur, "ils ne vont pas tarder à en avoir ! "

Il récapitule mentalement le schéma qu'il a concocté afin de parvenir à son objectif.

A partir du moment où a germé son projet, il n'a eu de cesse de le peaufiner de manière méticuleuse utilisant toutes les ressources que sa vie antérieure lui permettaient de mettre en œuvre.

Ses convictions profondes forgées dès l'enfance sur la base d'une rigoureuse et rigide formation religieuse l'ont conforté dans le fait qu'il avait une mission à accomplir, et vu que personne avant lui n'a voulu régler le problème, c'était donc a lui de le faire.

Sa cible, et la méthode, était depuis longtemps indiquée dans les livres, mais par faiblesse les hommes n'en avaient pas tenu compte !

Pour lui, la bible, le coran, donnaient les pistes à suivre, a croire qu'il n'y avait que lui qui savait les lire !

La "femme" était devenue "l'objet de son ressentiment" car sa vie, par "elle", avait été détruite alors que naïvement il lui avait tout sacrifié.

Après une vie aventureuse de militaire au service de sa patrie, il avait tout misé sur "le repos du guerrier" s'engageant corps et âme à son service, pour de son mieux "faire le bien" comme on dit, restant loyal et fidèle dans ses engagements. Pour ce que ça lui avait rapporté !

C'est la bible qui lui donne raison et dirige désormais son action :

"Que pouvais-je faire pour ma vigne, plus que je n'ai fait ? J'en attendais de beaux raisins, pourquoi en a-t-elle produit de mauvais ?"

Il s'approprie donc ce verset d'Isaïe V.4, qu'il connaît par cœur, en le complétant par Isaïe III.24 :

"Au lieu de parfum, ce sera la pourriture, au lieu de ceinture, une corde...".

La question d'être passé de l'autre côté, du côté obscur, de celui du mal, ne se pose plus à lui.

Après tout, il voit bien que sur cette terre, c'est l'égoïsme et la jouissance immédiate qui mènent les individus, sans prendre en compte les dégâts que cela provoque pour les autres.

C'est a l'opposé de tout ce qu'on a voulu lui faire croire dans sa jeunesse.

Faire le bien, se dévouer pour les autres pour gagner son paradis à quoi ça sert ?

Alors que pour être accepté dans l'autre monde, et à supposer qu'il existe, quoique l'on ait pu faire, il suffit de regretter, même au dernier moment, en faisant comme le larron sur sa croix, pour se faire racheter …

Alors qu'il voit défiler le paysage, ses réflexions continuent à tourner en boucle dans sa tête, alimentées en permanence par les références glanées çà et là dans les livres saints qu'il a pu trouver sur toutes les religions, mais qui vont exclusivement dans le sens de ses obsessions.

Il lui faut arriver avant la nuit pour se remettre, et préparer son nouvel "ouvrage".

Il a hâte de retrouver sa tanière, le bateau qui l'attend tranquillement au port…

III

Comme on pouvait le penser, la fin de matinée du dimanche arrivait, et on n'avait pas pu donner de nouvelles réponses aux questions posées, à part une remarque qui avait été faite à Jean-Paul sur le texte.

Un de ses enquêteurs lui avait fait remarquer que ça lui rappelait des choses entendues dans sa jeunesse, et qu'il s'agissait peut être d'un passage de la bible.

Jean-Paul appela donc le presbytère pour avoir des renseignements, pas de réponse.

C'est vrai qu'on est dimanche ! Le curé doit être à l'église pour la messe dominicale se dit notre policier. Il vaudrait mieux que j'y aille.

Il se rendit donc à la Basilique Notre-Dame au centre-ville. En arrivant, voyant sortir les fidèles, il comprit que l'office était terminé, il se dirigea donc vers la sacristie.

Le curé, qui achevait de poser son aube, l'accueillît avec le sourire.

Ils se connaissaient, car ils avaient eu ensemble à régler un problème de vol de tronc dans la chapelle de la Vierge.

— Que me vaut la visite d'un mécréant, un dimanche en plus ?

— Je ne cherche pas la conversion mon Père, mais un renseignement de la part d'un expert !

— Mon expertise s'arrête devant les mystères du Seigneur, mais dites toujours …

— J'ai besoin de savoir si ce texte est tiré d'un livre biblique.

Le prêtre lut lentement l'écrit qui lui était tendu.

— C'est un verset de l'évangile, mais je ne sais pas si c'est de Marc ou de Luc, laissez-moi voir.

Il prit une bible qui était sur la table et tourna rapidement les pages. Voilà c'est le verset 22 du chapitre 21 de l'évangile de Saint Luc.

— Quelle est le sens général de ce chapitre ?

— C'est une annonce de la fin des temps moins explicite que ce que dit St Jean dans l'Apocalypse, mais cet extrait seul, sorti de son contexte, réduit cette fin à une vengeance, alors que l'ensemble du châpitre est au contraire plus une incitation à se préparer pour la fin des temps. Voyez ensuite le verset 31 *" De même, quand vous verrez ces choses arriver, sachez que le royaume de Dieu est proche"*, il indique un état d'esprit à avoir.

— Donc l'extrait utilisé seul ne serait que l'indication d'une vengeance personnelle ?

— On peut le penser en effet. Mais si vous voulez une analyse plus poussée du texte, je vous inviterai à rencontrer le père Jérôme à l'Abbaye Notre-Dame de la Trappe, c'est un exégète reconnu, il devrait vous apporter un meilleur éclairage que moi.

— C'est le monastère à Soligny-la-Trappe ?

— Oui, si vous voulez je peux appeler le monastère pour vous annoncer auprès du père Jérôme, c'est à moins de cinquante kilomètres, en partant maintenant, vous pourrez le rencontrer avant vêpres.

Ainsi fut fait, et Jean-Paul prit le chemin de l'Abbaye.

Chemin faisant, le cerveau de l'enquêteur tournait à plein régime.

Cet assassinat serait donc une vengeance ?

Qu'a donc pu faire cette femme pour mériter ça ?

Pourquoi avoir choisi un texte pareil ?

La bible est le livre le plus édité au monde, mais le choix de l'extrait fait penser à quelqu'un qui en a une connaissance approfondie. Ce serait donc quelqu'un ayant une formation religieuse plus poussée que la moyenne, ou alors un choix fait au hasard par une lecture rapide pour sélectionner un texte correspondant à son idée de vengeance.

Il arrivait devant l'imposante entrée de la Trappe. La grande grille d'entrée était fermée, il se dirigea donc sur la droite vers la boutique en passant à côté de la fontaine Saint Bernard où un couple faisait le plein de bidons.

Le Frère qui l'accueillit répondit à son interrogation.

— Vous voyez la fontaine a toujours autant de succès !

— Qu'a-t-elle de particulier cette eau ?

— Elle est pure et douce, elle est issue du massif de la trappe et alimente le monastère depuis le Moyen Âge. Elle est offerte au public par les religieux depuis les années 1990 et depuis il y a toujours du monde qui vient se servir là, c'est sa faible teneur en nitrate qui fait son succès.

— Je ne viens pas pour ça, j'ai rendez-vous avec le Père Jérôme.

— Je suis au courant, il vous attend dans le parloir. C'est la deuxième porte en bois à gauche de la grille d'entrée.

— Merci bien, j'y vais de ce pas.

***

Le père Jérôme lisait un livre assis sur une banquette en bois dans un angle de la pièce. C'était un petit homme trapu avec une barbe grisonnante paraissant un peu engoncé dans sa robe de bure.

Levant les yeux il salua le policier qui restait debout sur le pas de la porte.

— Entrez commissaire lui dit-il d'une voix douce qui tranchait avec son physique. Assoyez-vous et dites moi ce qui vaut votre déplacement. Le père curé m'a parlé de l'interprétation d'un message c'est bien ça ?

— Ce n'est pas tout à fait ça, plutôt pour le situer dans un contexte plus large et comprendre si une notion religieuse peut amener à justifier un assassinat.

Jean Paul lui parla de son enquête et de la recherche de la motivation du meurtrier. Est-ce qu'un texte biblique peut être le déclencheur d'un acte aussi grave ?

— D'abord, je vais partir de votre texte, il est de l'évangile de Luc qui rapporte les conseils de Jésus par rapport à la fin des temps, qu'il faut en fait interpréter comme la fin individuelle de tout un chacun.

En dehors de l'Apocalypse qui présente "le grand final" on retrouve cette même invitation à réfléchir sur sa mort et l'examen de sa vie face à la récompense ou au châtiment.

D'une autre manière et avec un langage plus ou moins dur on retrouve les mêmes réflexions dans l'ancien testament dans Isaïe 63:4, Daniel 9:24, et aussi Osée 9:7. Tout cela va à l'encontre d'une vie qui ne correspond pas au respect de la loi que Dieu a transmis à Moïse dont un des premiers commandements est "Tu ne tueras point". Donc celui qui a utilisé ce texte pour se justifier aurait pu prendre d'autres auteurs d'œuvres philosophiques politiques ou autres ...

— Mais le fait de prendre un texte biblique n'indique-t-il pas que le meurtrier est imprégné par une idéologie religieuse ?

— Effectivement, mais la Bible est un ouvrage qui depuis ses origines a subi des interprétations différentes.

— Quel est donc l'ouvrage original de référence ?
— Il y a la Bible hébraïque, dite en hébreu « TaNaKh », c'est un acronyme formé à partir des titres de ses trois parties : la Torah (la Loi), les Nevi'im (les Prophètes) et les Ketouvim (les autres écrits).

Elle a été traduite en grec ancien à Alexandrie.

Il n'existe plus aucun des manuscrits originaux des 66 livres de la Bible, mais seulement des copies de copies.

Actuellement le "Codex Sinaiticus", rédigé en grec au milieu du IVe siècle sur un parchemin en peau de bœuf par les moines du monastère Sainte-Catherine, sur le Mont Sinaï, est considéré comme la plus ancienne bible connue. Mais il existe une dizaine de versions traduites en français et bien d'autres dans toutes les langues notamment avec la multiplication des Églises Évangéliques…

— Donc s'il y a tant d'interprétations possibles, je ne suis pas prêt de trouver mon ou mes individus.

— Pourquoi ne seraient-ils pas issus d'un milieu sectaire ?

— C'est-à-dire ?

— Il y a un certain nombre de groupements se présentant comme associations qui, à la suite d'un leader plus gourou qu'autre chose, sont en réalité des sectes. Si certains groupements comme les Rahéliens paraissent un peu loufoques, il y en a de plus pernicieux qui prennent comme base des interprétations fantaisistes de la Bible. Il peut en sortir des électrons libres, fragiles mentalement, qui peuvent passer à l'acte pour n'importe quel motif.

— Je vois, je vais donc aller en préfecture, chercher la liste des associations classées comme sectes et voir ce qui peut concerner notre victime.

— Je vais confier votre enquête au Seigneur dans mes prières.

— Merci mon Père, j'en ai grand besoin dit Jean-Paul en passant le pas de la porte.

IV

Dès le lundi matin, une avalanche d'informations arrive au bureau des enquêteurs.

Tout d'abord les infos sur la corde utilisée.

— Roger donne triomphalement le résultat de ses recherches :

Un : c'est de la Corde dyneema PRO ø4 mm, marchandise de qualité. Les cordes dyneema sont extrêmement résistantes à la déchirure, elles ont un allongement extrêmement faible, sont très résistantes à l'abrasion, à l'humidité, aux rayons UV et aux produits chimiques. Par contre elles résistent mal à la chaleur à cause de leur point de fusion peu élevée (140°)…

Deux : le diamètre parait faible, mais a tout de même une charge de rupture de 1300 daN (kg) soit 1325.63kg, donc largement capable de soutenir un meuble, et à plus forte raison un corps humain …

Trois : ce que nous prenions pour un mousqueton est en réalité un maillon delta de diamètre 6 qui utilisé vissé a une résistance supérieure à 1500kg.

— Etant donné toutes ces propriétés techniques, on doit conclure, précise le lieutenant, que le où les auteurs sont bien informés sur le matos et ne l'ont pas choisi au hasard. Il faudrait peut-être s'orienter vers des pratiquants qui utilisent ce genre de matériel, j'ai …

— Tu vas y perdre ton temps l'interrompt Jean-Paul, ça doit regrouper un tas d'activités professionnelles et sportives. Ce genre de cordelette est utilisé dans la marine et le parachutisme entre autres. Ce n'est donc pas une priorité, il nous faut d'abord d'autres infos, qu'est-ce que tu as d'autre ?

— Au sujet de la brûlure, les premières constatations des scientifiques font penser à de la poudre noire allumée par de la limaille de fer chauffée à blanc par la pile. Pour eux c'est quasi sûr que c'est ce qui était prévu, vu la facilité à mettre en œuvre et la faible résistance à la chaleur de la cordelette…

— Pour le mode d'action, on est donc à peu près fixé conclut le patron. Par contre peut-on dire s'il y a un ou plusieurs auteurs?

— C'est le problème, répond Roger, d'après les techniciens, cela peut être réalisé, si elle en a le temps, par une seule personne, mais comme on n'a encore aucune indication de l'heure de la mort on peu tout supposer …

— L'autopsie ! Elle a du être réalisée ce matin, viens, on va voir le toubib, on en saura peut-être plus, enjoint Jean-Paul en enfilant son manteau.

***

Jaoul MALARO, le légiste les accueillit dans une salle d'autopsie presque aussi froide que l'air extérieur de ce mois de janvier, mais son sourire et sa chaleur humaine tout en contraste à la caractéristique du lieu les mirent de suite à l'aise.

— Je viens juste de terminer, et j'allais rédiger mon rapport, leur dit-il, mais je vais vous en faire rapidement la synthèse.

Cette femme était en relative bonne santé, à part un léger surpoids et quelques problèmes circulatoires, mais rien de grave.

Pas de trace de violences ou de sévices sexuels à part deux traces de brûlure sur le haut de la poitrine juste sous la clavicule droite, quelques hématomes sur le même côté droit du bassin et de l'épaule. Cela certainement dû à la chute lors de l'agression.

Ma conclusion c'est que c'est une décharge électrique qui l'a causé, certainement un pistolet genre taser : la décharge électrique perturbe les informations que le cerveau envoie aux muscles et paralyse toute forme de réaction.

Comme vous le savez, dès le contact, l'agressée perd l'équilibre et tombe sur le sol, désorientée pendant 5 à 10 minutes. Ce temps est suffisant pour attacher la victime, ce qui a été fait avec du rouleau adhésif d'emballage que l'on trouve facilement un peu partout…

— Un peu partout !... Pour le ruban, je suis d'accord, mais pas pour le taser, rectifie Jean-Paul, je pense que tu parles d'un "shocker" à contact direct qui est interdit à la vente en France !

— Oui, précise Jaoul, ça n'a aucun rapport avec le Taser X-26, pistolet à impulsion électrique qui, en France, vous équipe et la gendarmerie, depuis 2004. Ce sont des armes non létales que l'on utilise à distance en envoyant des aiguilles, les traces d'impacts ne sont donc pas du tout identiques à celles de notre victime !...

— Il va falloir se renseigner sur quel marché clandestin on peut trouver ce genre d'arme, tu demanderas à notre "experte internet" de nous trouver ça, dit Jean-Paul, en se tournant vers son adjoint…

— Mais je n'ai pas tout dit intervient le légiste … la cause de la mort est bien la pendaison, la corde étant assez fine a de plus, entaillé la gorge se rapprochant du garrot pratiqué jusqu'en 1974 dans l'Espagne franquiste pour exécuter un condamné à mort. La sienne a été quasi immédiate, heure de la mort aux environs de 8 heures.

— Le système de contact par les aiguilles du réveil, permet un laps de temps de presque une heure de battement avant allumage de la poudre noire. Cela veut dire que la victime reprenant ses esprits assez vite a pu compter les minutes avant le moment fatal sans pouvoir rien faire !…

J'espère que vous trouverez vite le tordu qui a fait ça !

— On va tout faire pour, lui répondit Jean-Paul en sortant de ce frigo …

***

De retour, nos enquêteurs ont le plaisir de voir les conclusions scientifiques posées sur leur bureau. Mais leur joie fut de courte durée. Tout confirmait ce qu'ils avaient appris, mais rien de plus :

- Pas d'empreintes ni dans la pièce, ni sur les composants du système d'allumage, et pas plus sur le ruban utilisé, ni sur le réveil, la pile ou les fils.

- Réveils ou piles se trouvent de façon courante et il est difficile à d'en tracer l'origine.

- Nulle trace d'effraction de la porte d'entrée, la victime aurait ouvert la porte à ou aux agresseurs?

- Pas de vol apparent, rien ne parait avoir été touché en dehors des points d'attache et de la victime.

- Pour les traces ADN, rien non plus. Le, ou les auteurs, ont donc été très méticuleux dans la préparation comme dans l'exécution, pourquoi une telle sophistication ?

— Bon, il nous faut donc en savoir davantage sur cette femme, son histoire, ses relations… Fais venir Nadine pour voir ce qu'elle a bien pu trouver demande Roger.

Arrivant du bureau d'en face, la jeune femme leur apporta quelques informations supplémentaires.

— C'est une femme née au Mans, on ne trouve pas de trace de mariage. A été aide ménagère jusqu'en 1998, période où après avoir assisté beaucoup de personnes en état de fragilité psychologique, a fait une formation en psychothérapie et s'est mise à son compte.

Il y a un peu plus de cinq ans, une de ses clientes en fin de vie lui a légué la maison où on l'a retrouvée.

Cet héritage a été contesté par un petit neveu de la donatrice, mais sans succès.

Cela a fait du bruit à l'époque, mais lui a fait aussi de la publicité. Depuis elle avait une grosse clientèle, à tel point que submergée, elle avait décidé il y a un an de ne plus prendre de rendez-vous le week-end pour se reposer. Elle était réputée comme ayant une grande empathie, très ouverte et confiante au point qu'elle ne fermait jamais sa porte à clef.

— Donc, ce samedi, elle ne devait recevoir personne! s'exclame Jean-Paul. Les auteurs devaient le savoir!

— Comment passe-t-on d'aide ménagère à psychothérapeute ? demande Roger.

— Il faut passer par une formation particulière. Rien n'est reconnu officiellement aujourd'hui répond Nadine. Les formations n'ayant pas de reconnaissance étatique, c'est la solidité des instituts ayant dispensé leur formation qui en garantit la qualité.

— C'est la porte ouverte à tous les charlatans ! S'étonne Roger.

— Effectivement, répond-elle, mais dans le cas qui nous occupe, il ne semble pas qu'il y ait eu de plaintes à son endroit.

On est bien avancés avec tout ça ! conclut Jean Paul.

— Pas tout a fait, précise Nadine, j'ai oublié de vous dire qu'un voisin sortant son chien a entrevu un homme, s'éloigner rapidement, tourner dans la rue voisine, suivi du démarrage d'une voiture.

— A quelle heure? demande le commandant.

— A peu près 7 heures 30 répond Nadine.

— Des précisions sur cet homme?

— Une tenue sombre avec un bonnet genre marin, rien de plus précis …

— C'est bien possible que ce soit notre homme, et qu'il ait agi seul, c'est un début, mais avec ça on ne va pas loin ! conclut Roger.

— Alors au boulot ! Il nous faut :

1- éplucher le carnet de rendez-vous de la victime et voir dans ses fichiers si un profil de patient peut nous interpeler.

2- trouver d'autres précisions sur la voiture : qui a pu la remarquer, si elle a stationné longtemps, sa couleur … c'est le seul point que nous avons, le seul fil de la pelote, il est faible, mais il faut le suivre au maximum sinon on est dans les choux ! s'exclame un Jean-Paul soudain fatigué en chassant ses collaborateurs de son bureau.

Il appréhende une enquête difficile et sent venir la pression du procureur qui ne voudra pas voir cette affaire durer …

V

"Tu dis: « Je suis innocente, sa colère va sûrement se détourner de moi. » Or moi, je te poursuis en justice parce que tu dis : « Je ne suis pas fautive'. »"

Jérémie 2v35

"C'est toi qui m'a délaissé, tu m'as tourné le dos. J'ai dirigé la main contre toi pour te détruire, j'en ai assez d'accorder un sursis"

Jérémie 15v6

Au fond de sa cabine, Éric ressasse sans cesse ses souvenirs et la triste réalité de son existence, sa vie idéalisée et brusquement démolie par "sa faute".

Né le 16 mai 1961 à Royan, son adolescence a été rapidement chamboulée par la mort de ses parents dans un stupide accident de voiture provoqué par un grand bourgeois de la ville qui rentrait ivre d'une fête locale.

Une vieille tante habitant à Vannes, restait sa seule famille. Ne se sentant pas la capacité d'assurer l'éducation d'un garçon de 13 ans, elle a eu vite fait de le confier à l'internat de l'établissement le plus renommé de la ville.

Fondé par les Jésuites, dont il en gardait l'esprit et la rigueur, le collège et lycée Saint François Xavier devint donc son cadre et repère éducatif.

Règles collectives strictes, application aux études, pratiques sportives multiples dans un contexte religieux furent six années durant son contexte de vie.

Très influençable, et réceptif, le jeune garçon s'imprégna des principes religieux des Ignaciens. Ceux-ci étaient considérés comme les soldats du Pape. Il est connu que c'est Ignace de Loyola qui imposa le nom de «Compagnie de Jésus» afin de rappeler à tous l'engagement en faveur de Jésus, non sans y mettre une tonalité militaire. Ignace lui-même se considérait comme un «chevalier de Dieu».

Pour Eric, la foi en Dieu ne s'inscrivait pas dans une pratique religieuse, mais dans des actes. Ayant un comportement renfermé, il ne prenait en compte que les directives à mettre en œuvre pour son propre salut.

Il lui fallait en tout respecter au pied de la lettre ce qu'il trouvait dans la Bible, même si son interprétation ne correspondait pas à la pensée réelle du narrateur.

C'est dans cet esprit que, dans sa 19ème année, il décida ayant passé son bac, de s'engager dans l'armée.

Entrer à l'école d'infanterie de marine pour ce gaillard d'un mètre quatre vingt cinq fut facile. Sa formation accomplie, il postula pour les commandos où il fut pris sans problèmes. "Servir" était devenu son leitmotiv, sa raison de vivre, dans cette fraternité des armes qui soude les hommes face au danger.

Son engagement pour servir sa patrie était total, et il n'admettait pas de concessions.

Onze ans durant, il fut de tous les fronts où l'armée française s'engageait.

Sans attaches, il était toujours volontaire pour les missions les plus techniques et périlleuses (Liban, Tchad, Togo, Golfe Persique, Comores …)

Mais alors qu'il venait d'être nommé adjudant chef, son état d'esprit changea. Son grade s'accompagnait de nouvelles fonctions de formation et ne lui permettait plus de prétendre de la même manière au "terrain", et l'âge avançant, il entrevoyait, et c'était nouveau pour lui, un avenir familial.

Sa vie de baroudeur ne s'y prêtait gère, et dans la droite ligne de vie qu'il se fixait, il lui fallait être entièrement disponible pour créer cette famille "idéale".

D'autre part, il ne sentait plus les nouvelles recrues arrivées sous ses ordres partager les mêmes convictions et exigences qui étaient devenues son ADN.

Il faisait aussi le constat, depuis quelques temps, que le sous équipement de l'armée ne permettait plus d'effectuer les missions avec la même efficacité, et cela ajouta une insatisfaction croissante.

Ce fut donc tout cela qui le décida à quitter l'armée.

En 1991, donc à trente ans il se retrouva civil ordinaire, mais avec sa durée de service même augmentée de ses nombreuses "OPX" (opérations extérieures,) il n'entrait pas dans la case jeune retraité.

Il n'était cependant pas financièrement dans un besoin immédiat.

D'une part il bénéficiait de l'assurance vie que ses parents avaient contractée pour lui, et qui, bien gérée par sa tante, avait tranquillement grossi au fil des ans. Il n'y avait pas touché pour la bonne raison que l'ensemble de ses études avaient été financées suite au jugement, par le chauffard qui lui avait fait perdre ses parents.

D'autre part, sa solde avait été capitalisée en grande partie, étant la plupart du temps pris en charge dans le cadre de son engagement.

Par contre, il n'avait aussi plus de pied à terre, sa tante étant décédée un an auparavant, il n'avait pu prendre la suite de la location qu'elle avait depuis des années.

Son premier soin fut donc, revenant à la ville de son enfance, de louer un petit studio dans la périphérie de Royan. Cependant, comme le "virus de l'action" le tenaillait toujours, il décida de trouver au plus vite un petit voilier qui lui permettrait de satisfaire ses envies de bouger, tout en conservant un contexte de solitude qui lui allait bien.

Même en ayant les moyens, il ne voulait pas y mettre une fortune. Par hasard, il tomba sur une occasion qui lui convenait. Un voilier de croisière de la série "Symphonie" de la marque Jeanneau.

Cette version *"Grand tirant d'eau"* coque polyester et fibre de verre de 9,50 m longueur avec un moteur diesel de 22Cv, lui convenait parfaitement.

Il était en parfait état bien que datant de 1984 dernière année de fabrication. Son carénage avait été fait de manière régulière par son unique propriétaire qui ne s'en était servi que l'été pour du cabotage sur les côtes atlantiques.

Dans son parcours militaire, il avait acquis toutes les compétences pour "dérouiller" ce bateau qu'il avait baptisé "La Véronique" du nom de sa mère, pour lui faire découvrir les joies du grand large.

Ceci étant, son objectif restait de fonder une famille. Cela lui imposait de retrouver rapidement du travail pour en assurer les charges, et ne pas dépendre de la femme "idéale" qu'il comptait trouver pour être la mère de ses enfants.

***

VI

Flers jeudi 21 février 2008…

Dès quelle le put, Hélène MARQUISOT la capitaine du commissariat de Flers, pris son téléphone pour appeler Jean-Paul, son ancien patron.

Elle assurait sa fonction depuis la nomination de celui-ci sur Alençon. Arrivée à Flers juste à la période du divorce de son chef, elle ne l'avait pas côtoyé longtemps avant son changement de poste.

Une attirance réelle l'avait poussée vers cet homme, démoli intérieurement par son divorce, mais qui n'en laissait rien paraître, dans son activité professionnelle.

Rien ne s'était passé, mais au fil des années, ils eurent à travailler en commun sur quelques affaires, et le fait qu'il ait sa résidence sur la ville, avait créé des liens.

Tout de même, un soir après une journée commune particulièrement difficile, le partage d'un verre les rapprocha et ils passèrent la nuit ensemble ... cette nuit fut la seule...

De suite, elle comprit que la blessure n'était pas refermée, que cela durerait, et qu'il était vain de se faire des idées.

N'avait-il pas dit dans une conversation que pour lui *"On n'aime qu'une fois, ensuite on comble ses illusions"* ?

A quoi bon espérer développer une relation pour, rester sur des différences profondes comme dit le proverbe chinois, *"Nous dormons dans le même lit, mais nous faisons des rêves différents"*. Cependant, cela ne marqua pas l'arrêt des contacts. Leurs rapports se firent d'ailleurs plus amicaux, débarrassés de toute ambigüité.

— Que me vaut l'appel de ma policière préférée ? demanda Jean-Paul à son interlocutrice. Une bonne nouvelle j'espère ...

— Que nenni mon cher patron, dit-elle, plutôt une tuile ! ...

— Comment ça ?

— Tu n'as toujours pas bouclé ton affaire de pendaison ?

— Non c'est au point mort depuis presque un mois, le Proc me tanne tous les jours pour savoir où on en est ! J'ai quand même de la chance que les médias soient discrets, sinon chaque jour ils proposeraient des versions nouvelles !

— Et bien, moi, j'en ai une de nouvelle ! Et qui risque de tout compliquer !

— Quelle nouvelle ? demande Jean Paul.

— Une affaire identique précise Hélène.

— Comment identique ?

— Une pendaison avec les mêmes modalités, il semblerait que ce soit le ou les mêmes auteurs …

Elle explique donc la découverte.

— Comme tu connais Flers, tu vois, c'est dans le quartier de la briqueterie. En fin de matinée, un appel des pompiers nous signalait un décès très suspect.

Une personne les a appelés car elle entendait le chat de sa voisine miauler désespérément depuis le matin à la porte. Or la connaissant bien, elle savait qu'elle lui ouvrait la porte tous les matins vers 7 heures, et si celle-ci devait s'absenter, elle l'avertissait, c'est elle qui alors allait lui donner à manger. Elle avait frappé à sa porte en l'appelant, sans oser entrer. Pour elle il devait y avoir un problème, peut être qu'il lui était arrivé quelque chose.

Arrivés sur les lieux avec un agent de la police municipale, les pompiers trouvèrent la voisine en question pendue par un système étrange qui, à la description, ressemble bien, d'après ce que tu m'en as dit, a celui utilisé dans ton affaire…

— Double corde et réveil ? demande Jean Paul.

— Effectivement, le contrepoids étant dans ce cas une grande table normande en chêne massif.

— Ici aussi, elle vivait seule, et de plus était infirmière psy au CMP tu vois où c'est ? Rue Jacques Prévert à Flers …

— Ce que je vois c'est qu'on n'est pas sortis de l'auberge ! On dirait que le milieu des psy est visé. Il faudra voir si un lien relie les deux victimes. C'est toi qui es chargée de l'enquête ?

— Oui, mais dans le cas d'un même tueur, soit le procureur regroupe les deux affaires, soit il fait appel "au dessus" pour ne pas être mouillé par "l'incapacité de ses services !" c'est ce qui risque de se passer, qu'en penses-tu ?

— Je suis de ton avis, s'il regroupe les deux, on aura une obligation de résultat rapide sinon on sera dégagés, il ne faut pas attendre de concessions de sa part !

— Pour le moment, c'est toi qui es sur le coup. Fais pour le mieux essaie de n'oublier aucun détail. Quand tu auras un dossier plus complet, transmets-le moi que je puisse comparer.

— OK "grand chef" dit-elle ironiquement en raccrochant.

"Bien voilà, c'est à confirmer, mais il semble que nous ayons un tueur en série dans l'Orne !" pensa tout haut le commandant après avoir raccroché. Les ennuis s'annoncent, les médias vont en faire leurs choux gras, et une psychose risque de se développer dans la région si on ne trouve pas rapidement ce déséquilibré.

Quel peut être son mobile ?

En premier, il s'attaque à des femmes seules, elles ont à priori un point commun, elles travaillent dans le cadre de l'aide psychiatrique; se connaissaient-elles ou avaient-elles travaillé au même endroit ?

Il faudra lister tous les patients sortis récemment de ces établissements et étudier chaque cas.

Voir également si on a déjà signalé des agressions liées à des personnes en fragilité mentale.

Il appela donc son adjoint pour l'informer de la nouvelle affaire et lui demander d'élargir ses recherches en fonction de ces nouveaux éléments.

— Prends contact avec la capitaine MARQUISOT à Flers pour avoir toutes les infos complémentaires notamment après l'enquête de voisinage.

— Tu mets sur le coup Nadine et ses adjoints sur les recherches, et tenez-moi au courant de suite dès qu'il y a du nouveau.

Pour ma part je vais voir comment anticiper sur la diffusion de l'info. J'ai un contact au Journal de l'Orne, je vais pouvoir le faire attendre en lui promettant des exclusivités plus tard ; par contre pour Ouest France, ça sera plus dur, leur correspondant local est un petit prétentieux qui saute sur tout ce qui est croustillant. C'est pour se faire mousser afin de pouvoir passer au niveau de journaliste de rédaction.

En fin de journée, un nouveau point intriguant arriva de Flers communiqué avec grande interrogation par Hélène.

— On a trouvé un nouvel élément lui dit-elle.

— C'est quoi ? demande Jean Paul.

— Un papier collé sur l'arrière du réveil !

— C'est une étiquette ?

— Non, un mot écrit sûrement avec une imprimante.

— Qu'est-ce qui est écrit s'impatiente Jean Paul?

— Juste çà : *"Pour toi et moi ..."*

— Et après ?

— Rien de plus !

— Rien de plus.

Un long silence succède à cette affirmation. Le cerveau de Jean-Paul bouillonne, mais rien ne sort de cette ébullition. C'est Hélène qui le ramène au concret.

— Hé, tu as bien entendu ?

— Oui, j'essaie de comprendre. Ce n'est plus un texte biblique. A qui ça s'adresse ? À la victime, à quelqu'un d'autre ? Tu as une idée toi ?

— Pas plus que ça, mais c'est un point qui peut nous faire avancer. On va pouvoir faire une analyse plus approfondie de ce bout de papier, reprendre la recherche d'empreintes et de traces ADN.

— Je l'espère dit le commandant sans réelle convictions. Attendons, mais fais accélérer s'il te plaît.

— Ok patron, bonsoir.

Cette nouvelle découverte le ramena à la liste des sectes qu'il avait reçue de la Préfecture. Il avait demandé à un de ses adjoints de faire le tri sur celles qui correspondaient le plus au profil supposé du ou des auteurs.

Cinq ressortaient du lot il avait demandé de se procurer la liste de leurs membres afin d'avoir une base de coupables potentiels.

Cela faisait soixante personnes ; 16 hommes, 38 femmes et six enfants.

Ces communautés étaient dispersées sur le département et les départements voisins. Les premiers croisements de fichiers n'avaient pas fait ressortir de profils connus des services de police. Pour le moment cette piste ne semblait pas la bonne.

Les jours s'écoulèrent sans éléments nouveaux. Les analyses ne révélèrent aucune trace, à croire que l'auteur était un fantôme. Les fichiers épluchés, puis repris plusieurs fois depuis le début, ne révélèrent aucun indice probant.

Quelques pistes furent ouvertes sur d'anciens patients des deux victimes. Elles se refermèrent très vite, à part celle d'un homme que l'on retrouvait dans la liste des soixante concernant les sectes.

Il était dans les clients de Gisèle Faure-Latouche la première victime.

Il faisait partie de la secte millénariste des Croix Glorieuses de Dozulé.

Appelé par Jean Paul, le Père Jérôme lui donna des indications précises :

— C'est à la suite des apparitions de Dozulé que cette association a été crée.
Madeleine Aumont, affirme avoir vu à plusieurs reprises le Christ sur la Haute Butte de Dozulé, du 28 mars 1972 au 6 août 1982.

Ces visions à l'inverse des apparitions de Pontmain dans le département voisin le 17 janvier 1871 n'ont jamais été reconnues par l'Église mais ont réussies à convaincre de nombreux fidèles.
Jamais l'Église n'a donné à cet endroit le nom sacré de sanctuaire mais les amis des Croix Glorieuses continuent à s'y réunir tous les 28 mars, avec chants, pèlerinages et ablutions.
L'association a été créee au début des années 80, sur des thèses millénaristes et a déposé ses statuts en 1982. Elle a connu son apogée avant l'an 2000, annonçant l'apocalypse.

Selon la théorie développée chez " les Croix Glorieuses", les fidèles auraient pu trouver refuge au pied de ces Croix, de 7,38 mètres de haut, pour échapper à la fin du monde.
Cette association religieuse, non reconnue par l'église a été classée comme secte dans le rapport parlementaire sur les sectes françaises en 1996.

Elle a quand même réussi à convaincre des milliers de personnes.

Quant à Madeleine AUMONT, âgée de 83 ans, elle réside dans une maison de retraite du pays d'Auge.

— Voilà tout ce que je sais sur cette association, termina le Père Jérôme avant de raccrocher.

Le commissaire lança son équipe à la recherche de cet individu un certain Julien CADOUX.

Il fut localisé comme habitant à Cerisé non loin d'Alençon.

Arrivés à son domicile les policiers apprirent par les voisins, qu'il était hospitalisé, mais ne savaient pas où. Par contre, il n'avait pas de voiture, ne pouvant conduire à cause des crises d'épilepsie dont il souffrait.

C'était un point qui ne correspondait pas au témoignage de l'homme qui avait entendu une voiture démarrer.

La recherche fut rapide, faisant le tour des hôpitaux, Julien CADOUX a été retrouvé au Centre Hospitalier de L'Aigle. Hospitalisé depuis deux mois, il y avait été envoyé pour des bouffées délirantes précisément par la psy décédée.

Ce ne pouvait donc pas être lui. Étant mis hors de cause, la piste s'arrêtait là !

Donc rien, rien, on n'avait rien !…

Heureusement ces faits n'eurent pas un écho trop important dans ce coin de Normandie où la vie continua avec un calme apparent, au moins en surface, au grand soulagement de Jean Paul qui du coup était moins sous pression de la part des autorités supérieures.

Ce calme relatif fut remis en question le mois suivant…

VII

" Maudit soit le jour où je suis enfanté !

Le jour où ma mère m'enfanta qu'il ne devienne pas béni !"

Jérémie 20v14

Le deuxième malheur est passé. Voici, le troisième malheur vient bientôt.

Apocalypse 11v14

Il rentrait à nouveau chez lui. Son statut de commercial lui faisait parcourir une grande partie de la France, et particulièrement les régions côtières.

En effet après avoir travaillé quatre ans sur un chantier de marine à Royan, il assurait les relations commerciales d'une entreprise hollandaise (Victron Energy) pour le secteur des panneaux solaires souples.

Ceux-ci pouvaient se poser sur n'importe quelle structure, mais le créneau où il s'était spécialisé, concernait principalement les bateaux, voiliers de plaisance, péniches, enfin tout ce qui flottait sur l'eau.

Son travail lui laissait donc une vaste autonomie, ses relations avec le siège social se faisant principalement par facs, téléphone, et récemment, par courrier électronique.

Ce n'était que deux ou trois fois par an qu'il devait se rendre à ALMERE HAVEN ville située à une trentaine de kilomètres à l'ouest d'Amsterdam, pour rendre compte de son travail.

Son passé militaire en faisait un agent très professionnel et efficace, particulièrement bien noté par sa direction.

C'est en profitant de son retour des Pays Bas qu'il avait réalisé l'étape trois du plan qu'il avait minutieusement préparé.

Pour le moment, tout se passait comme prévu, et ce serait, il en était persuadé, une réussite complète. Son objectif, plutôt son obsession, c'était **Elle**…

Sylvie. Il avait fait sa rencontre improbable à Angers.

L'hôtel La Fauvelaie, en avait été le cadre. Ce 20 avril 1997, Eric venait au parc des expos tout proche, faire une présentation des produits de son entreprise, elle, participait à un stand de Michelle ROUBION.

Cette dernière avait créé "l'ANAM" (Association Nationale de l'Accompagnement Mental). Une association ayant pour objectif de regrouper l'ensemble des psychothérapeutes formés par des organismes reconnus. Son but étant d'arriver à faire reconnaître leur profession par un statut officiel.

Ils se croisèrent à l'accueil de l'hôtel, et ce fut un coup de foudre réciproque. Comment expliquer autrement, la rencontre de deux êtres venant de mondes si différents, lui petit commercial assez introverti, elle vive, épanouie et psychothérapeute de surcroit, chose qui le fascinait.

La mauvaise interprétation qu'il avait tirée de son éducation religieuse, avait donné une vision déplorable des choses du sexe. C'était une chose "extraordinaire" mais qu'il fallait bannir de son esprit en dehors du cadre légal du mariage.

Bien qu'il ait appris à considérer les rapports homme femme comme le mal absolu en dehors de ce contrat, dans sa jeunesse il avait souvent été tenté de passer de l'autre côté, celui de l'interdit.

Il avait parfois succombé passant outre à ses convictions pour répondre à des pulsions naturelles, mais avec une culpabilité profonde.

Pour pouvoir rester dans ses normes morales, il fallait être deux à vouloir s'engager. Trouver la complice de ses rêves lui avait été jusqu'alors impossible.

Ses très brèves aventures lui avaient fait percevoir certaines perspectives mais insuffisamment, pour le faire vibrer. Dans le golfe persique, il avait eu l'occasion de découvrir le Coran.

Les textes venant d'une autre religion, avaient un peu plus ancré ses certitudes et il interpréta à sa manière certaines sourates qui lui parurent écrites pour lui :

Allah dit: "... *Elles sont un vêtement pour vous et vous êtes un vêtement pour elles...* " Sourate 2 - verset 187

Allah dit: "*Vos épouses sont pour vous un champ de labour (un lieu de productivité), allez à votre champ comme (et quand) vous le voulez...*" Sourate 2 - verset 223

S'appuyant sur cette "caricature" de vie, il avait développé des exigences telles que chaque fois, il était ressorti déçu de ses relations avec un fort sentiment de faute.

Mais cette fois, il en était certain, c'était la bonne! Elle était brillante, sans complexes, et savait écouter. Il s'était entièrement livré. Il lui avait semblé qu'elle l'avait compris et qu'elle partageait en tous points sa vision de la vie. Tous ses souhaits se réalisaient. En acceptant de partager sa vie, il était convaincu qu'elle se ralliait à ses espérances.

Fidèle à sa vision morale des choses un peu plus d'un an plus tard il lui fit sa demande en mariage à laquelle elle répondit favorablement.

Sa vie changea du tout au tout. Oubliant les jours, les heures, il était dans une exaltation totalement en opposition à sa vie antérieure.

Avait-il été trop rapide ? Ébloui, qu'il était, comme le lapin dans les phares d'une voiture ?

Certainement, la suite de sa vie malheureusement, devait le confirmer...

VIII

Lille dimanche 9 mars 2008…

A 12 heures 30, Jean PRUVOT arrive au 57 rue Albert Thomas entre les quartiers de Lomme et Lambersart de la ville de Lille, et sonne au portail de la maison de sa mère. Comme souvent le dimanche, il vient partager le repas de midi avec elle.

Ayant insisté plusieurs fois sans réponse, il ouvre le petit portillon dont il a la clef. Sa mère devait être dans sa cuisine et n'a sans doute pas entendu, il est vrai que ces derniers temps elle fait souvent répéter les choses …

La porte d'entrée ouverte, il entre. Pas un bruit ne vient de la cuisine. Il appelle "maman où est-tu ?" Pas de réponse. A la cuisine pas de trace de préparation. Inquiet, il monte au premier étage, les chambres en mansarde sont vides, le lit de sa mère défait et la fenêtre ouverte. Elle a l'habitude de le faire vers les dix heures après avoir aéré la pièce.

Il redescendit, se demandant si elle n'était pas au jardin en train de ramasser quelques légumes. Il s'y rendit.

Personne au potager, mais en contournant l'appenti derrière la maison, il la trouva attachée et pendue à la poutre principale.

Elle était suspendue par un système bizarre. Il comprit tout de suite qu'elle était morte et se précipita pour appeler la police.

Léon TOURNARD, le lieutenant de service fut sur place moins de dix minutes plus tard suivi de l'équipe scientifique. Comme la scène de crime ressemblait à ce dont il avait entendu parler dans l'Orne, il appela immédiatement son commissaire principal, cette affaire le dépassait, et il souhaitait en être déchargé le plus vite possible.

***

Le karting de Mortain, cette après midi de mars était enfin sorti de la brune. Jean-Paul venait de terminer sa petite heure de "défoulement" dominical sur ce circuit à une trentaine de kilomètres de Flers.

Il y avait son propre kart, de 125cm3 acheté en 1998 en remplacement de celui de catégorie supérieure qu'il avait sur le circuit d'AUNAY les BOIS au sud d'Alençon quand il en avait les moyens, mais ça c'était avant …

Très jeune, il avait contracté le virus de la vitesse, et il avait commencé à se tester sur la piste de kart la plus proche. Il aurait bien aimé passer au niveau supérieur dans les courses de rallye dès qu'il eut son permis, mais comme ses moyens ne pouvaient pas lui permettre d'investir dans une voiture performante, il resta dans le milieu du karting.

Il eut sa petite heure de gloire par une victoire sur le circuit RKC-Aérodrome de Pontoise. C'est à cette occasion qu'il rencontra la future mère de ses enfants qui partageait la même passion...

Son téléphone sonna alors qu'il s'apprêtait à rentrer dans sa voiture.

— Commandant GIRAUDON ?

— Lui-même.

— Je suis le divisionnaire du SRPJ de Lille.

— Que puis-je faire pour vous ?

— Je vous informe que nous avons une affaire similaire à la vôtre sur notre secteur.

— Qu'est-ce qui vous fait dire ça ?

— J'attends des rapports plus complets, mais une pendaison avec le même procédé, double corde dont l'une est brûlée, réveil…

— Effectivement cela y ressemble, est-ce que c'est une femme ?

— Oui, attachée de manière identique, sauf que ça s'est passé à l'extérieur dans un jardin avec aussi comme pour votre deuxième affaire, un mot collé sur le réveil …

— Un mot, identique ?

— Non sur celui-là est écrit : *"… ce que tu n'as pas su faire…"*

— Je ne comprends pas !

— Moi non plus, je ne sais pas si c'est le même auteur, ce qu'il peut vouloir dire et à qui cela s'adresse. Bon, je vous avoue que ça fait déjà des remous en haut lieu, et qu'il y a un risque de ne pas rester d'un ressort régional. Pour le moment le procureur me fait confiance, mais ça risque de ne pas durer.

Dès que j'ai des infos complémentaires je vous les transmets, j'en attends de même de votre part.

— Bonne chance ! …

***

Arrivé au bureau de bon matin, le commandant demanda à Hélène de le rejoindre avec son groupe.

Les deux équipes étant réunies, il les informa des évènements de Lille, les avertissant que si aucun élément nouveau n'était trouvé rapidement, l'enquête leur serait certainement retirée.

Il y avait une urgence supplémentaire, la diffusion du reportage tourné dans leurs locaux était programmée pour le samedi suivant sur TF1. Cela voulait dire que les médias jusque là modérés, risquaient de se déchaîner, leur pourrir la vie et augmenter la pression d'une hiérarchie toujours sensible dans ces cas là.

L'arrivée d'un Fax de Lille ne leur donna guère d'espoir. Les conclusions tirées de la scène de crime ne donnaient que quelques indications nouvelles mais pas assez pour y voir plus clair:

- La victime avait 55 ans et habitait seule.
- Elle travaillait dans un centre psychopédagogique de Lille.
- Elle avait été attachée de la même façon que les victimes de l'Orne.
- Le système de pendaison était identique avec comme contrepoids un motoculteur.
- Sur le réveil identique (même marque) un mot collé.

Seule différence en plus de l'endroit (en extérieur) la victime avait été neutralisée par taser dans le dos. Il y a des traces de pas dans l'herbe humide qui sont celles de la victime, mais aussi d'une autre personne. La difficulté c'est que ces dernières ne sont pas nettes, c'est comme un glissement qui ne laisse pas déterminer la forme; seule la trace d'une pointe de chaussure a été repérée au niveau du portail, une forme faisant penser à une extrémité de rangers, mais impossible d'en déterminer la pointure.

Autre différence, c'est l'utilisation d'un motoculteur comme contrepoids. Il avait certainement été soulevé et maintenu ainsi par un billot de bois le temps d'attacher la corde à un arbre voisin. Le billot trouvé à côté n'a rien révélé de plus.

La seule différence, c'est le contenu du texte collé sur le réveil. Il a obligatoirement un sens, faut-il le relier à celui de Flers ?

— Faites tourner vos méninges, il faut se mettre à la place de ce malade, ce psychopathe, dit Hélène, c'est certainement ce qui pourra nous éclairer sur lui.

Comment se fait-il que l'on ne trouve aucune trace exploitable de ses intrusions, ce n'est pas un fantôme quand même !

Il faudrait trouver ce qui motive ce mode de pendaison, puisqu'elle reprend ses esprits entre cinq et dix minutes après le taser, a-t-il envie de voir la peur de la mort dans les yeux de sa victime dans l'attente du moment fatal, ou au contraire, ne veut-il pas voir la mort en face (culpabilité ?) et donc s'éclipser avant ?

Pour les textes écrits, à réfléchir : s'ils ont un lien entre eux, si on les associe, quel sens en tirer ?

— Par contre il faut reprendre tout ce qu'on a trouvé sur les gens tournant autour du milieu psychiatrique. Il faut voir s'il y en a qui ont éventuellement un lien avec Lille ou le nord, compléta Jean-Paul. Au boulot !...

La fin de la semaine arrivée, ils en étaient toujours au point mort. La diffusion du reportage donna le signal d'une avalanche d'appels compliquant une enquête qui n'avait pas besoin d'une telle publicité.

****

Le 19 mars, le quartier de la place des Abbesses à Paris est en émoi. Une femme est retrouvée pendue au quatrième étage du 30 rue Yvonne le Tac. Tout de suite les policiers arrivés sur place constatant la scène se posèrent la question d'une nouvelle victime de celui qui commençait à faire la une des journaux.

Mais, contrairement aux autres faits, peu d'éléments concordaient avec une réplique du *"fantôme au réveil"* comme l'avait surnommé la 'Voix du Nord'.

C'était plutôt un "copycat" de mauvaise facture avec peu de ressemblance avec l'original.

Pas de double corde ni de réveil ; la corde était plus grosse et le nœud plus grossier.

La victime était une femme entre 35 et 40 ans, attachée aux poignets et pas aux chevilles, sans bâillon. Une plaie au crâne faisait penser au fait qu'elle avait du être assommée peut-être même tuée avant la pendaison, l'autopsie devrait le dire.

La victime avait été mise sur une table le temps que l'auteur attache la corde sur les moulures de la partie haute d'une armoire.

La porte d'entrée fracturée avait permis des relevés d'empreintes et traces d'ADN. C'était donc à la recherche d'un autre tueur qu'il fallait s'attaquer.

Copycat ou pas, cette affaire dans un secteur parisien fit réagir la Direction Centrale de la Police Judiciaire. Il fut donc décidé de centraliser les recherches à Paris avec une équipe spécialisée. Les commissariats des trois villes devant lui transmettre tous les éléments en leur possession.

Quand Jean-Paul fut informé de son dessaisissement, il rentra dans une colère noire.
— Évidemment les parisiens sont toujours les meilleurs, et nous des incapables ! On verra ce

qu'on verra, je transmets, mais je ne lâche pas l'affaire!…

****

Dans les bureaux parisiens, le commissaire divisionnaire Roland MAURINIER a été chargé de constituer une équipe spéciale pour traquer ce "fantôme" qui défraie la chronique.

Son intention est de recruter un premier cercle de personnalités ayant des expériences de recherches sur des "sérials killers" et psychopathes.

Il choisit donc des collègues avec qui il avait déjà travaillé et en qui il avait toute confiance.

Tout d'abord le commandant Aziz BELEKEM qui avait participé avec succès à la recherche d'un tueur en série de vieilles dames dans la région d'Amiens.

Ensuite le lieutenant Jo KINTAO qui avait débuté dans l'affaire du « *tueur de la Bastille* », Guy Georges, condamné à perpétuité sept ans plus tôt.

Il avait aussi besoin de l'aide d'un spécialiste du milieu psychiatrique.

Car pour la police, la technique de profilage qui a été essayée depuis les années 80 sur quelques affaires comme pour les disparus de MOURMELON n'est pas utilisée de manière systématique.

La gendarmerie, par contre, a depuis 2002 une unité expérimentale de "profileurs" qui n'est pas encore reconnue comme telle, mais pour la police, rien n'est encore structuré.

Il demanda donc à Heudebert de St Just, psychiatre bien connu sur la place de Paris, d'intégrer son groupe pour avoir son éclairage sur la personnalité et les mobiles du tueur.

La première réunion de l'équipe a donc pour but de cerner le profil du recherché d'après les informations connues. Roland énonce donc :

- Est-ce un fou ?

- Quels signes extérieurs peuvent le signaler ?

- Quelles infos pour avoir une idée de son physique, sa taille ?

- Quel profil faut-il pour maîtriser ces techniques ?

— Pour les signes physiques, on a quelques maigres indices continua le divisionnaire, il doit être assez grand et fort pour soulever ce qui lui sert de contrepoids, la pointe d'empreinte fait entrevoir une pointure de plus de 42, une chaussure style rangers. Cela peut faire penser à un chasseur ou quelqu'un qui a l'habitude de la nature et qui sait se rendre discret. Il peut être un peu solitaire et vivre dans un lieu isolé.

Il faut penser qu'il a agi en plusieurs endroits différents, deux lieux assez proches, et un bien éloigné géographiquement. Quel lien y a-t-il entre ces lieux ?

Si c'est un fou, il le cache bien dans sa façon de vivre habituelle, par contre son rituel est bien rodé et manifeste une parfaite maîtrise.

— Qu'en pense le psy demanda Aziz ?

— Pour ce qui est de la personne, ses actes ne signifient pas qu'il soit fou suivant l'image commune que l'on en fait. Il a par contre une personnalité asociale, aucune émotion et manque de contact avec les autres répondit St Just.

— Est-ce que ça peut conduire à tuer ? Insista Aziz.

— La plupart du temps, les personnalités asociales ne sont pas violentes, mais quand leurs tendances schizoïdes se combinent avec des pulsions agressives, ça peut faire de gros dégâts. D'abord une planification méticuleuse suivie d'une explosion de violence.

Je vois venir la question : quel est le déclencheur ? Un état de frustration dû à la jalousie, une rupture familiale, professionnelle ou tout autre chose qui peut être d'origine lointaine liée à l'enfance ou à l'adolescence …

— Et ça donne un type qui imagine un système pour en détruire la cause dit Jo prenant la parole pour la première fois !

— Effectivement reprit St Just, si on comprend la cause, son origine, on pourra avancer. On sait déjà qu'il s'en prend aux femmes et certainement au milieu psychiatrique.

— Les textes laissés sur place vous paraissent-il importants ?

— Oui, s'ils s'adressent à quelqu'un de précis. Non si c'est un dialogue avec lui-même. Pour le moment rien ne fait pencher d'un côté ou de l'autre…

Par contre le premier texte tiré de la Bible me pose question. Rappelez-vous que c'est le premier et le seul qui justifie ses actes. La piste des illuminés gravitant dans le milieu des sectes ne doit pas être négligée.

La discussion dura longtemps pour déterminer les priorités d'action et les mises en place techniques.

Ils se séparèrent sur le sentiment d'être dans le brouillard et l'idée que les collègues de province risquaient de ne pas faire beaucoup d'efforts pour les aider dans une enquête qui était la leur et dont on les a dessaisis au profit des *"parisiens"* ...

IX

Renvoyés à leurs petites affaires quotidiennes, les policiers de Flers et d'Alençon, Jean-Paul en tête, ruminaient leur déception, mais restaient en veille pour toute information qui pouvait survenir.

Une sensation, le flair du flic qui sent les choses, ils ne pouvaient le dire, les unissaient.

Cette vision, ils n'en avaient pas parlé aux "parisiens" par prudence afin de ne pas être sujets à leurs courtoises railleries s'ils se trompaient. D'ailleurs, ils avaient un psy avec eux, et ils devaient y avoir pensé eux aussi.

La certitude pour lui et son équipe, était que le tueur en avait après les personnels qui s'occupaient de la santé mentale des gens, mais de plus, que les victimes visées étaient des femmes seules !

Qu'elles soient seules et autonomes était-il le point commun ? Où c'est la fonction psy qui est visée ? Où la conjonction des deux?

Ce sujet amena à un échange assez tendu entre Nadine et Roger les adjoints du commandant. Il était sous le charme de sa collègue mais ce n'était pas partagé, car elle avait des positions assez extrêmes sur le statut de la femme.

C'était un thème récurrent entre eux dans le genre je t'aime moi non plus de deux célibataires. Et les situations des victimes, relançaient leur débat. Pourquoi étaient-elles seules ?

Elle, l'inspectrice allergique au mariage, défendait son opinion :

— La femme est esclave de ses origines animales, elles sont cachées par des illusions et des rêves, entretenus depuis l'enfance, celui du prince charmant qui va prendre soin d'elle. Alors que sa nature profonde, cachée par des générations patriarcales et machistes, est exclusivement de trouver un géniteur pour sa "portée" !

Puis, une fois son objectif atteint, ne pouvant plus supporter les réalités des conditions de vie liées au "faux rêve", elle demande au conjoint de changer car il n'est plus ce qu'elle avait "par illusion d'amour" imaginé.

En réalité, c'est elle qui a changé, en retrouvant son essence originelle.

Comme l'homme, lui, reste ce qu'il est, elle trouve tous les arguments pour critiquer ce qu'elle a construit, et le quitte pour partir à la recherche d'elle-même, d'une nouvelle vie qu'elle répètera certainement sans s'en rendre compte…

— Alors précise Nadine, voilà pourquoi il ne faut pas, dès le départ, s'engager dans cette impasse !

La triste réalité, c'est que c'est vous, pauvres mâles, qui êtes utilisés à votre corps et cœur défendant, comme le faire valoir de "mantes religieuses séductrices".

Moralité, il vaut mieux être une nana lucide, qui ne se fait pas d'illusions sur la vie pour s'embarquer dans des amours illusoires…

— Et que fais-tu des sentiments interroge Roger ?

— On se rencontre, on se satisfait l'un de l'autre et pas plus. Les sentiments, ça ne dure qu'un temps, après, c'est les emmerdes ! A quoi bon s'engager, pour tout casser assez rapidement. Il n'y a qu'à voir l'augmentation du nombre de divorces après des durées de vie de couple de plus en plus courtes…

— L'amour vrai, ça existe quand même insiste Roger ?

— Ouais, ça fait vivre les avocats pour négocier les séparations, et les psys, comme nos victimes, pour faire accepter les ruptures. La femme a besoin de sa liberté autant que l'homme, alors pourquoi l'obliger à quoi que ce soit, elle n'a qu'à la garder dès le départ !

— L'envie de gosses ?

— Tu sais, je peux en faire quand je veux, et avec qui je veux, sans même le dire au géniteur.

— Tu ne vas pas un peu loin là ? Et la solitude avec l'âge tu y penses ?

— Regarde la réalité en face, comptabilise le nombre de femmes d'un certain âge dont le mec a déjà clampsé, elles vivent encore plus de vingt ans seules ! Et si elles ne se sont pas assumées financièrement, elles se retrouvent dans la misère.

Tu vois bien que pour elles ça ne changera pas grand-chose, autant s'y habituer tout de suite …

— Une vie d'égoïste pure et dure, bravo s'exclame Roger ! On est unique, bon, ça d'accord, mais on n'est pas seul, il y a autre chose de mieux dans la vie que de s'occuper de ses fesses non ?

— A propos de fesses, il y a un appel pour exhibitionnisme dans le parc Gustave Courbet, voyez moi ça tout de suite ! Leur enjoignit Jean Paul par l'entrebâillement de la porte, et ramenez moi ce gugusse au plus vite !...

**

Pendant ce temps, l'équipe parisienne pataugeait à son tour :

Toutes les pistes s'avéraient bouchées. Aucune nouvelle information n'était venue de Lille.

Les recherches sur le lieu du meurtre n'avaient rien donné. La maison étant proche d'un rond point, il était facile à une personne habile de passer inaperçue et de pouvoir s'évanouir facilement dans la nature.

L'agression avait été effectuée dans la matinée d'un dimanche, il était logique qu'aucun témoin ne se soit manifesté. L'enquête de voisinage n'ayant pas apporté plus d'informations, les enquêteurs se reportèrent sur la personnalité de la femme.

Comme pour les deux premiers cas, le côté "sans histoires" de la victime pouvait laisser a penser à un choix aléatoire, mais le fait de cibler des psys venait perturber cette hypothèse.

Ce pouvait être quelqu'un ayant eu de mauvaises expériences dans un contexte d'accompagnement psychologique qui avait sûrement été imposé comme un internement ou une demande de suivi.

Ccomme cela se situe sur des lieux différents, quel est le lien qui peut relier ces trois personnes ?

L'hypothèse d'un rôdeur est à rejeter. Il s'agit donc de quelqu'un assez libre de ses mouvements sans travail fixe, en maladie ou retraité pourquoi pas.

Il dispose d'un moyen de déplacement, d'une voiture certainement, c'est ce qui a été remarqué à Flers.

Une voiture personnelle probablement, car les recherches dans les centres de location aux alentour des lieux d'agression n'ont donné que des pistes vite abandonnées car elles n'étaient pas fiables.

Il n'est pas envisageable d'élargir le cercle des centres de location, ce serait impossible à gérer.

Il faut donc ouvrir une autre voie de recherche vers le milieu des praticiens s'occupant du soin de la santé mentale.

Suite à ces analyses, l'équipe oriente donc ses recherches dans cette direction, sachant par avance que cela demandera du temps. Du temps pourtant, ils n'en ont pas vraiment, car un meurtrier en série dans la nature c'est inconcevable …

X

« Tu es toute belle ma compagne ! De défauts tu n'en a pas ! »   Cantique 4.v7

« Moi je compte sur ta fidélité. Que mon cœur jouisse de ton salut, que je chante au seigneur pour le bien qu'il m'a fait »   Ps 13.v6

Le coup de foudre d'Angers se concrétisa de suite.

Alors que Sylvie était hébergée par Michelle ROUBION (elles travaillaient depuis peu ensemble), elle décida illico de suivre Eric à Royan. Elle se faisait fort de trouver rapidement du travail, en établissement ou à son compte, elle verrait bien …

Lui, entièrement sous le charme l'accueillit dans son petit studio dans l'attente de trouver mieux. Très vite le 26 juillet (3 mois après leur rencontre) ils se marièrent dans sa ville natale, et démarrèrent une vie de couple, qu'il vivait comme sur un nuage.

Entre son envie de lui faire découvrir sa vie, son métier, sa région pour lui, les jours passaient vite, il ne se posait pas de questions ne s'apercevant pas qu'elle tout en restant très amoureuse, voulait se poser dans une vraie maison à la campagne.

Car pour elle, native du nord, l'environnement maritime de Royan ne lui plaisait pas particulièrement. Toute à sa passion amoureuse, elle laissa cependant gentiment son homme lui présenter son univers.

Le bateau par contre ne passa pas. Elle avait peur de l'eau ne sachant pas nager. La première et seule sortie qu'ils firent fut écourtée par le mal de mer. Eric n'en prit pas ombrage acceptant sans état d'âme ce point de différence qu'elle avait avec lui.

Elle chercha donc un travail à l'intérieur des terres, et grace à ses relations avec Julie ACPLET, quelques trois mois plus tard, elle trouva un travail à la Fondation John BOST, une institution sanitaire médico-sociale protestante à Montauban où sa collègue travaillait depuis plusieurs années.

Eric dont le studio de Royan n'était qu'un point d'attache provisoire, ne fut pas contre de se délocaliser même si cela l'éloignait de son bateau. Son métier l'amenant à circuler beaucoup en France, il aurait toujours la possibilité de le sortir de temps en temps.

Hébergée provisoirement chez sa collègue, Sylvie trouva rapidement une maison à vendre dans le même village qu'elle, un petit bourg situé à une dizaine de kilomètres de Montauban.

Elle n'avait pas de fortune personnelle, Eric investit donc la totalité de son compte, et, avec un petit crédit complémentaire, ils purent acheter cette maison au fond du « Lotissement des pins » à LÉOJAC, commune du Tarn-et-Garonne d'un peu plus de mille habitants.

Pour Eric, c'était là que devait s'épanouir sa future progéniture. Des enfants qui auraient, eux, la chance de grandir accompagnés de leurs parents.

Mais sept ans après, rien ne s'était passé comme il l'avait espéré …

XI

Angers le dimanche 20 avril 2008...

— Toujours le même mode opératoire !...

Le commissaire divisionnaire Roland MAURINIER était en colère. Le *"fantôme au réveil"* avait encore frappé. Un peu plus d'un mois après Lille, une nouvelle victime avait été trouvée à Angers.

Les rapports n'allaient pas tarder, mais tout était similaire au premier abord.

— Encore une autre ville, un autre secteur géographique, tout se complique comme si s'était déjà simple ! ajouta Aziz.

La cellule parisienne venait d'être avertie par le commissaire POTROLSKI de la ville du bord de la Maine.

Les premières informations étaient qu'on avait retrouvé au 78 rue de la Claverie à Saint Barthélémy-d'Anjou, pendue, dans les mêmes conditions Michelle ROUBION, présidente d'une association de psychothérapeutes.

— C'est donc bien envers le milieu psy que le meurtrier en a précise St JUST. Le mode opératoire est la signature de l'auteur. L'enquête devrait approfondir cette piste déjà suivie mais très complexe.

Les médecins psychiatres reconnus pratiquent leur activité dans un cadre privé ou dans le cadre hospitalier continua-t-il, faut-il les contacter pour leur demander de signaler toute situation trouble chez leurs patients (ce qui est quand même le motif de leur rendez-vous) ou de simplement les mettre en garde du risque qu'ils, et surtout "elles", encourent ?

— Le risque est de déclencher une psychose générale ajoute AZIZ.

— Il ne faut pas oublier le secret professionnel rappelle St JUST.

— Dans les deux cas, cela ferait un énorme travail de communication même si c'était simplement limité au cadre professionnel reconnu ajouta Jo.

— Déjà cela fait un nombre important de personnes concernées, auquel il faut ajouter une multitude de "psychothérapeutes" ayant reçu une solide formation. Ceux-là regroupés dans des structures associatives seraient plus ou moins facilement joignables, complète le commissaire.

— Par contre beaucoup de "*pseudos psys auto-formés*" ont fait de cette spécialité un moyen de vivre, ouvrant une porte à toutes les dérives possibles! rappela St JUST.

— Ils ne sont identifiables qu'avec de grands moyens dont notre cellule parisienne ne dispose pas conclut le divisionnaire...

Le retour de la scientifique d'Angers n'apporta pas plus de nouveauté sur le matériel utilisé.

Certainement le tueur a dû se procurer le matériel en quantité par anticipation. Mais tous ces éléments, réveils compris on pouvait se les procurer dans plusieurs enseignes partout en France, et rien ne pouvait permettre de tracer l'acheteur.

Pour ce nouveau crime, c'est la même façon de maitriser la victime, la même méthode de pendaison qui est reprise. Seul le lieu oblige une adaptation du système d'encrage des cordes et du contrepoids, en l'occurrence à Angers c'est un canapé qui avait servi.

Le rituel du message reproduit, toujours collé sur le réveil, toujours aussi énigmatique mais qui semble cette fois être une suite au précédent : *"... je le ferai ..."* .

Toujours les mêmes interrogations qui restent encore sans réponses pour les enquêteurs :

- Ce nouveau message lié aux trois autres confirme bien qu'un dialogue veut être établi avec une personne bien précise. Il se propose de faire quelque chose que quelqu'un d'autre aurait dû faire, mais quoi ?

- Cela concerne-t-il les victimes ? Pas sûr car elles ne se connaissaient pas et vivaient loin les unes des autres, le seul point commun est leur profession …

- Le "fantôme" aurait donc eu un problème avec "une" psy ou connaîtrait quelqu'un qui en aurait eu ?

- Le fameux dialogue s'adresse-t-il à un psy, où à cette deuxième supposée personne ? Il semble considérer être obligé de faire ce qui aurait du être fait avant.

- Quelle est cette chose à faire, une autre victime serait encore la cible ? Mais pourquoi ne pas avoir fait tout de suite au lieu de ce jeu de massacre ?

- Qui est sensé être informé ? Et à quoi ça sert d'informer puisque ce qu'il a décidé de faire "à la place de" sera fatalement mis sur la place publique au final ?

- Ou alors, il a prévu que la cible ne soit jamais identifiée, les victimes ne seraient que des jalons d'un jeu de piste macabre qu'un seul pourrait comprendre ?

- Combien de messages a-t-il l'intention de faire passer ? Déjà trois messages pratiquement un par mois, ça va durer encore longtemps ? Et où sera donné le prochain ?

Pour le moment seuls les deux premiers messages ont été divulgués au grand public par les journaux qui suivent l'évolution de la traque de ce serial killer.

Les policiers décident donc de ne pas faire état du dernier, cela pourrai déstabiliser le tueur voyant que son message ne passe pas et le pousser à la faute …

Toutes ces réflexions tournent en boucle dans les têtes de l'équipe parisienne sans trouver de réponses logiques.

La nouvelle du meurtre d'Angers se propagea dans le milieu des enquêteurs de toutes les villes concernées. Par contre la majorité d'entre eux ne se sentent plus trop concernés, bien contents de ne pas se trouver sous les feux des projecteurs.

Le reportage réalisé dans le commissariat avait été diffusé à la télé, et comme celui-ci avait donné une bonne image de la police de Flers, on préférait laisser croire à l'incompétence de l'équipe parisienne au vu la complexité de l'affaire.

Seul Jean-Paul se sentait toujours concerné. D'une part il avait été le premier sur les deux affaires dans l'Orne, d'autre part, il se sentait vexé d'avoir été dessaisi.

Ayant en copie tous les dossiers sur les nouvelles affaires, sa réflexion rejoignait totalement celle des "profileurs" parisiens, mais comme ils ne communiquaient pas leurs conclusions, il en faisait de même.

Il y avait aussi quelque chose qui lui disait de ne pas lâcher l'affaire, il se sentait un peu visé sans savoir pourquoi…

XII

« Ne te livre pas à une femme au point qu'elle domine sur toi »

Siracide 9v2

« N'importe quelle blessure, sauf la blessure du cœur. N'importe quelle méchanceté, sauf la méchanceté d'une femme »

Siracide 25v13

Éric avec la certitude d'avoir fait le bon choix de vie était heureux. Sa femme savait écouter, et lui, il avait choisi de se livrer sans retenue à celle en qui il avait toute confiance.

Il lui raconta toute sa vie sans omettre un détail, ses angoisses, ses projets, tout ce à quoi il s'engageait pour la rendre heureuse.

De son côté elle fut moins prolifique. Elle lui fit part d'une vie terne à Lille où elle était née, avec des parents peu présents ce qui fit qu'elle partit de la maison dès qu'elle le put.

Après de petits boulots, elle fut embauchée comme femme de salle dans une maison de retraite. Grâce à ça elle put évoluer et faire une formation d'aide soignante. Et après plusieurs années elle suivit une formation de psychothérapeute. C'est alors qu'elle adhéra puis fut membre du bureau de l'association dont elle animait le stand à Angers leur lieu de rencontre.

De sa vie sentimentale elle n'évoqua que quelques liaisons de courtes durées qui avaient toujours été difficiles et qu'elle voulait oublier. Respectueux Eric, n'insista pas tout heureux de voir qu'elle était bien avec lui.

Son désir de fonder une famille était important pour lui, mais il la sentait réticente, ne voulant pas la brusquer il se dit qu'il lui fallait du temps pour d'abord vivre un peu.

Pour lui qui avait parcouru le monde, s'installer dans petit coin de campagne ne lui pesait pas. Il n'avait qu'elle comme priorité, et goûtait un bonheur tranquille.

Au fil des ans, pour Sylvie, la magie des débuts s'estompa, mais lui ne s'en rendit pas compte. Ce n'est que peu à peu qu'il la vit se renfermer et commencer à critiquer leur mode de vie.

Elle abandonna son travail à la Fondation pour installer un cabinet à leur domicile prétextant que le travail qu'elle faisait n'avait pas assez de sens, et qu'elle avait besoin d'un rapport plus personnel avec ses clients.

Progressivement elle lui demanda de changer ceci ou cela, puis commença à lui faire des reproches sur sa vie, sa façon d'être en se servant de tout ce qu'il lui avait confié pour le ramener à ses fragilités. Lui, ne comprenant pas ce qu'elle voulait, ne savait que répondre.

Comme s'il était un de ses clients, elle le poussait à remettre en cause sa vie, mais il était son mari ! Ils avaient un projet commun ! Il ne comprenait pas la raison profonde qui la guidait. Ça n'était pas possible de mélanger sa vie privée et professionnelle et de le manipuler ainsi …

Maîtrisant bien les mots elle savait trouver le point faible pour le déstabiliser. Par contre, il ne fallait pas lui faire de critiques partant du principe qu'elle était comme ça, et qu'il fallait l'accepter comme elle était.

A l'évocation de la perspective d'avoir des enfants, elle restait toujours hermétique à ses interrogations. Elle ne voulut jamais lui livrer le fond de sa pensée déclarant que c'était son jardin secret et qu'il fallait le respecter.

Cette situation le rendait complètement désemparé, mais son amour restait vif malgré tout, et il attendait avec espoir de la voir redevenir la même que lors de leur rencontre.

Sauf qu'un jour, au retour d'un de ses circuits commerciaux, il trouva sur la table de la cuisine une courte lettre lui disant que c'était fini. Que ne supportant plus la vie avec lui, elle demandait le divorce.

Suivait la liste de ce qu'elle demandait dans le cadre de la rupture, liste qu'elle avait donné à son avocat dont il devait se rapprocher.

Elle ne voulait plus lui parler, ni qu'il sache ou elle était.

La maison était vide de ses affaires, mais pour lui surtout vide d'elle !

XIII

Royan vendredi 16 mai 2008...

Les pompiers sont alertés d'un incendie 8 rue des perdrix quartier pavillonnaire au nord de Royan.

Il est 19 heures, les voisins on vu une fumée épaisse se dégager et ont appelé le 18 immédiatement.

En les attendant, comme de l'extérieur personne ne répondait aux appels, l'un d'entre eux se précipita à l'intérieur avec un extincteur mais l'embrasement augmentant, il fut obligé de ressortir.

Le feu venait du salon, et les flammes une fois maitrisées, un dépôt noirâtre s'était déposé sur l'ensemble de la pièce. C'est alors que les pompiers découvrirent la propriétaire des lieux noircie elle aussi, non brulée, mais attachée et bâillonnée, un ensemble de cordes plus ou moins fondues dispersées autour d'elle, dont une autour du cou certainement causant sa mort.

Immédiatement la police fut appelée sur les lieux. La personne était bien morte. La cause n'était pas l'incendie, mais bien la corde. Alors pourquoi mettre le feu ? Pour effacer les traces ?

À la vue des cordes, le lieutenant qui supervisait les investigations se rappela la note de service informant tous les commissariats de France de la recherche d'un tueur en série qui pendait ses victimes.

— Non pas ici ! Pas nous !

Avoir un cas similaire ne l'enchantait pas, il en informa donc tout de suite son chef hiérarchique afin qu'il transfère l'affaire à l'équipe parisienne qui avait été constituée spécialement pour cette série de meurtres.

Informés, ceux-ci, comprirent vite que le "fantôme" avait frappé encore une fois. Leur étonnement c'était l'incendie. Ce fait nouveau interrogeait, pourquoi avoir mis le feu ? Y avait-il un message ou avait-il été détruit ? L'étude de l'origine du feu devrait apporter des réponses.

Comme d'habitude le rapport des experts confirma la similitude du mode opératoire. Par contre à priori le feu n'était pas prévu au programme. Il avait été déclenché accidentellement par l'embrasement d'un fauteuil crapaud en velours frangé.

Les franges proches du système d'allumage pour faire fondre la corde avaient pris feu en même temps. Le réveil proche avait été très noirci et la présence du message dont se doutaient les enquêteurs était confirmée.

Le problème est que le papier était très près d'être consumé. La lecture du message n'avait pas pu être faite sur place. Le délicat morceau de papier avait été porté au labo qui pensait avoir les moyens d'en tirer le maximum, mais il faudrait du temps.

La victime, toujours une femme, près de la retraite, était aussi psychologue pour enfants à l'Unité de Psychopathologie Infanto-Juvénile de Royan.

Cela confirme les hypothèses sur la piste des psys mais n'aide pas à faire le lien entre toutes ces victimes.

On retrouve toutes les catégories : psychiatre à Alençon, infirmière psy à Flers, psychopédagogue à Lille, psychothérapeute à Angers, psychologue pour enfants à Royan.

Des formations diverses, des distances importantes, rien ne les relient ; donc ce malade se déplace, change de lieu et au hasard, recherche une proie qui corresponde à ses critères.

Depuis six mois, pratiquement tous les mois une nouvelle victime !

Les lieux retenus ont-ils aussi une importance pour lui ou c'est également au hasard qu'il se déplace ? Cette question reste toujours cruciale, mais les enquêteurs ne disposent toujours pas d'éléments pour y répondre.

L'avancement dans les recherches n'évolua pas les jours suivants, jusqu'à l'annonce du labo qui s'occupait de décrypter le message abîmé. La délicate opération avait réussi et la lecture du message possible.

"... à ta place ..." était le texte, toujours aussi énigmatique.

Associé aux autres, cela confirme le dialogue que le tueur entretient ou pense entretenir avec celui qu'il semble considérer comme un complice. Celui-ci n'aurait pas fait une chose à laquelle il s'était engagé, c'est donc ça qu'il lui montrerait à répétition, mais jusqu'à quand ?

Pour le moment, aucune information complémentaire n'avait été transmise aux médias et cela continuerait, sans savoir toutefois quel en serait l'impact direct sur le "fantôme" ni même s'il suivait leur enquête dans les médias.

L'équipe parisienne faisait tout son possible pour garder le moral et la motivation, mais la confiance commençait à s'effriter ...

XIV

« Mais si un malheur arrive, tu paieras vie pour vie, œil pour œil, dent pour dent, main pour main, pied pour pied, brûlure pour brûlure, blessure pour blessure, meurtrissure pour meurtrissure. »

Exode 21:23-25

« Car la jalousie met le mâle en fureur, et il sera sans pitié au jour de la vengeance »

Proverbes 6:34

Le brusque départ de son amour, de sa moitié, le laissa quelques temps abasourdi. Mais ses expériences des combats et l'habitude de prendre sur lui pour se sortir de situations périlleuses prirent le dessus. Le combat qui lui était imposé commença par la procédure de divorce. Il n'avait pas envie de faire la guerre à celle qu'il espérait malgré tout voir revenir vers lui.

La guerre réelle il l'avait vécue, il ne voulait pas retrouver ce contexte même s'il était plus personnellement impliqué. Ce fut sa deuxième capitulation.

Après avoir tout accepté d'elle pendant toutes ces années, il accepta aussi les conditions qu'elle fixait dont la vente partagée de la maison.

Même si professionnellement il ne laissa rien paraitre, il ressortit de cette période profondément déstructuré.

S'étant réfugié sur son bateau, il se replongea dans les textes de la bible qui lui avaient permis de se construire.

Sa lecture fut très orientée par ce qu'il vivait. Lentement, comparant les textes à sa situation personnelle, il y trouva la justification d'une punition exigée par Dieu.

Il chercha donc à découvrir la réelle personnalité de son ex compagne.

Pour cela, il alla chercher dans son passé ce qu'elle n'avait pas voulu lui en dire : son fameux jardin secret.

Grace aux quelques indications qu'elle avait donné de sa vie antérieure il découvrit une toute autre personne que celle qu'il croyait connaître.

Cela lui prit du temps pour retrouver des personnes qui l'avaient connue avant qu'il ne la rencontre et du coup apprit ainsi beaucoup de choses.

Son passé s'il n'avait pas toujours été rose dans son enfance, avait été totalement différent que ce qu'elle lui avait dit.

Il apprit ainsi qu'avant lui elle avait été mariée avec un flic avec qui elle avait eu des enfants, deux garçons, qu'elle abandonna à leur père partant aussi brutalement du foyer qu'avec lui.

Cela correspondait à la période de formation de psychothérapeute qu'elle avait entreprise. Cette période provoqua une introspection personnelle qui lui fit tout remettre en cause.

Son avocat avait dit à Éric que presque systématiquement une thérapie amenait à un divorce tellement cela remuait des choses.

Après son départ, elle n'avait eu que très peu de contacts avec ses garçons, et ceux qu'elle avait pu avoir pendant la durée de leur mariage lui avaient été cachés. Il comprenait maintenant sa réticence pour avoir des enfants avec lui…

Ces révélations furent un choc très violent, et malgré des sentiments encore vifs il sentait monter en lui une sourde colère.

Au fil de ses sombres nuits, cela se transforma en besoin de vengeance.

Cette vengeance il n'acceptait pas que le premier mari n'en ait pas eu l'idée. S'il l'avait accomplie, il n'aurait pas eu à son tour à subir les méfaits de cette femme. Il fallait donc l'impliquer dans son châtiment mais avec précaution étant donné son statut de policier.

En bon ancien commando qu'il était, il prépara un plan pour éliminer la fautive tout en donnant des pistes à son infortuné prédécesseur et lui faire partager un acte dont il se devait d'être solidaire, en espérant que le flic soit assez perspicace pour comprendre, mais pas trop vite …

XV

Léojac samedi 28 juin 2008…

Julie ACPLET n'eut pas le temps de reconnaître son agresseur, la décharge la paralysa immédiatement.

Elle ne retrouva ses esprits que plusieurs minutes plus tard attachée, bâillonnée et les yeux bandés. Il lui semblait être sur une des chaises de son salon.

Pour savoir ce qui se passait autour d'elle il n'y avait que des bruissements qui lui parvenaient. Un raclement sur le sol, le déplacement de sa commode peut être…

Un rapprochement, une corde passée autour de son cou, juste un peu serrée, puis le remontage d'un réveil suivi d'un tic tac régulier …

C'est la gendarmerie de MONTAUBAN qui contacta directement Jean-Paul à son bureau.

L'adjudant chef LIBERI l'appelait sur les conseils de son lieutenant Hubert DONNAY. Il l'informait du meurtre d'une psychothérapeute sur leur secteur à LÉOJAC.

Toutes les constatations rappelaient les meurtres antérieurs sur des psys aux quatre coins de la France.

Ils étaient obligés de transmettre le dossier aux profileurs parisiens, mais cela ne leur plaisait pas trop.

La rivalité police gendarmerie était bien une réalité, et le lieutenant DONNAY faisait partie des futurs profileurs que la gendarmerie s'efforçait de regrouper dans un corps spécialisé, dans l'objectif de damer le pion à la police nationale.

Donc son chef se doutant que les policiers de province étaient vexés d'avoir été dessaisis très vite des recherches, comptait sur cette rivalité pour damer le pion à la SRPJ.

Jean-Paul le remercia. Il a été surpris, mais a vite compris les objectifs sous- entendus de la demande de coopération.

Ce qui l'intéressait principalement c'était ce qu'il pouvait y avoir de nouveau ou de différent des autres scènes de crime.

— Dans cette affaire il n'y a rien de nouveau en dehors du texte devenu systématique sur le réveil :

«*... pour notre anniversaire ...*" nous sommes donc devant le même individu qui nous nargue conclut le lieutenant.

Cet appel revigora le moral de notre commandant. Et s'il se lançait lui aussi de façon plus sérieuse à la recherche de ce fou ? Damer le pion à tout le monde, voilà un challenge intéressant ! Puisqu'il était dessaisi, il allait enquêter en parallèle des deux services concurrents.

Désormais il passerait tous ses temps libres sur cette traque.

Comme c'était le week-end, il transporta tous les dossiers chez lui à Flers pour reprendre à zéro toute la chronologie des événements. Il y passa la nuit et s'endormit sur ses documents.

C'est le téléphone qui le réveilla.

Au bout du fil, son cadet depuis Rouen, venait prendre de ses nouvelles. Ils ne se voyaient pas souvent, mais assez régulièrement il lui passait un coup de fil qui, même rapide, à la différence de son frère, permettait de garder le lien.

Étonné de la voix râpeuse de son père, il lui demanda s'il allait bien.

— Très bien, comme après une nuit blanche, lui répondit son père.

— Pourquoi une nuit blanche ?

— Par ce que je suis sur une affaire très complexe, tu as entendu parler du "fantôme au réveil" ?

— J'ai entendu ça, mais ce n'est pas la PJ de Paris qui en est chargée ?

— Oui, mais ça a débuté chez moi, et je me sens concerné.

— C'est à cause que ce sont des psys comme maman ?

— Comme maman ???

— Elle est devenue psychothérapeute tu ne le sais pas ?

— Non, depuis son départ je n'ai aucune nouvelles. Vous avez gardé contact avec elle, c'est bien, mais vous ne m'en avez jamais rien dit, et j'ai respecté ça.

— Tu crois qu'elle pourrait être en danger elle aussi ?

— Si tu penses que c'est important et que je devrais savoir des choses, dis-moi tout ce que tu estimes m'être utile.

— Ok, dit Cédric, je te dis tout ce que je sais depuis le début …

Ce fut une longue discussion qui pour une fois depuis longtemps faisait revivre entre eux le souvenir de celle qu'il avait épousé le 26 mars 83.

En le quittant après douze ans de vie commune, elle lui avait dit de manière glaçante « je veux que tu sortes de ma vie ! » respectueux de cette demande, il s'était interdit de faire quoi que ce soit qui ne respecte pas cette injonction.

Pourtant en tant que flic, il aurait pu la tracer autant qu'il l'aurait voulu, mais il n'avait jamais cédé à cette idée. Si elle voulait elle pouvait donner de ses nouvelles, ou il en aurait par ses enfants. Mais rien ne vint, pas plus d'un côté que de l'autre.

C'était la première fois depuis bientôt treize ans qu'il avait des informations sur la nouvelle vie de la mère de ses fils.

Il apprit donc de Cédric qu'après la rupture, sa mère avait aussi quitté sa place d'aide soignante à Argentan et était partie chez son père à Lille. Il ne savait pas combien de temps elle y était restée, mais ce qu'il savait c'est qu'elle avait fait ensuite une formation de psychothérapeute à Paris, une formation "TIP" qu'elle lui avait traduit par "Thérapie Interpersonnelle".

Elle avait travaillé dans plusieurs endroits différents. Elle changeait souvent de lieu de travail mais ne leur parlait pas beaucoup de sa vie.

En 1997, à Angers, elle avait rencontré quelqu'un et semblait transformée.

Elle leur avait annoncé son mariage un mois après sans les y avoir invités et s'était installée avec son nouveau mari vers la côte atlantique.

Ils ne savaient pas qui était le nouvel homme de sa vie, ne l'avaient jamais rencontré ni eu au téléphone. Ils savaient seulement que c'était un ancien militaire.

Depuis 2005, ils n'avaient pratiquement aucun contact avec leur mère. C'est elle qui appelait car elle ne leur avait jamais communiqué son numéro.

Dernièrement elle lui avait annoncé sa séparation avec son deuxième mari et disait descendre dans le sud où elle avait des opportunités de travail.

Depuis plus rien. Mais il ne se faisait pas de soucis, il avait l'habitude elle fonctionnait comme ça depuis longtemps.

— Dès qu'elle donnera de ses nouvelles, je te tiendrai au courant promit son cadet …

Le récit de Cédric terminé Jean Paul resta pensif, il se remémora sa vie d'avant et la rencontre avec la future mère de ses enfants.

Leur rencontre à Paris lors d'une compétition de kart. La seule qu'il ait remportée !

Elle en faisait aussi, mais de manière irrégulière car elle était en formation d'aide soignante à Pontoise.

Ce ne fut pas un coup de foudre, mais leur passion commune les rapprocha si bien que chaque week-end ils se retrouvaient sur les circuits et de fil en aiguille se mirent en couple.

Un peu plus de six mois après, ils s'installèrent près de Flers, lui, en poste au commissariat, elle, trouvant un travail à l'hôpital d'Argentan.

Le 26 mars 1983 le mariage, un bonheur tranquille d'une douzaine d'années avec l'arrivée successive de deux garçons.

Elle avait souvent changé de lieu de travail pour des motifs divers comme trop de travail, pas de reconnaissance, problème avec la hiérarchie, mais sur le dernier, dans une maison de retraite elle s'était soudain passionnée pour l'accompagnement des pensionnaires.

Puis sans préavis, cette rupture …

Maintenant serait-elle une potentielle victime du "fantôme" ? Il serait bon au moins de savoir où elle se trouve pour la prévenir d'un risque potentiel.

Se renseigner sur elle! Il ne l'avait pas fait jusqu'à présent, mais le faire aujourd'hui n'était pas une intrusion dans la vie de son ex, mais une nécessité peut-être vitale.

Cela relevait d'une mission d'assistance, même devenait un devoir. Pour ça il avait beaucoup de possibilités.

L'avantage d'être commandant de police, c'est de pouvoir profiter d'un réseau, à l'annonce de sa fonction de pouvoir questionner directement et avoir des informations rapidement un peu partout.

Suite aux indications de son fils il se lança donc sur les traces de sa mère.

Il fit le tour des services de l'état civil des principales villes de la côte atlantique et finit par apprendre son mariage à Royan le 26 juillet 1997 avec un certain Éric MURET.

Par la caisse de sécurité sociale il trouva une adresse à Léojac !

Drôle de coïncidence, y aurait-il un lien entre elle qui y a habité et le dernier acte du "fantôme" ?

Par la brigade de gendarmerie du lieutenant DONNAY, il aurait facilement des renseignements sur elle.

Il nota de le faire rapidement, mais en priorité, ayant entendu parler d'Angers par son fils comme point de rencontre avec son nouveau mari, il devait savoir si son ex avait pu avoir un lien avec la victime de ce lieu.

En effet, le dossier d'Angers, mentionnait que la victime était présidente d'une association de psychothérapeutes.

Il épluchât les statuts et la liste ses membres, il trouva le nom qu'il cherchait dans les membres du bureau a partir de 1996.

Elle avait donc connu la victime de manière proche.

Étonnamment, l'adresse indiquée était la même que celle de la présidente. Elle avait donc séjourné ou s'était fait domicilier chez elle un certain temps.

Logiquement, son nom changeait en 98 en accolant MURET à POLLET son nom de jeune fille. Par contre, son nom disparaissait de la liste du bureau de l'association en 99 et des membres à jour de leur cotisation a partir de 2000.

Pourquoi avait-elle quitté l'association ?

Rien ne l'indiquait; soit elle n'exerçait plus, soit il y avait eu un différend interne qui avait motivé son départ …

Les informations de la gendarmerie de Montauban ne furent pas très prolifiques. Il n'y avait plus de madame POLLET-MURET à Léojac depuis fin 2007 ou elle avait fermé son cabinet situé dans une maison revendue peu de temps après.

On n'avait pas d'indications pour savoir où elle avait pu aller, pas dans la région en tout cas.

C'était la confirmation de ce que lui avait dit son fils, elle était partie comme la première fois sans laisser de traces.

Peut être son deuxième mari pourrait donner des renseignements ? Lui, Jean-Paul devrait pouvoir le retrouver plus facilement il avait son nom et savait qu'il avait été militaire.

Par la "grande muette" il apprit qu'Éric MURET avait bien été dans les commandos marins pendant 14 ans et avait quitté les drapeaux en 1991. Son adresse de démobilisation était un appartement sur Royan.

La dernière adresse fixe connue était à Léojac, depuis 1999 une boite postale au bureau de poste du Boulevard de la République à Royan.

Royan, encore une ville où le "fantôme" a fait l'avant dernière victime et Léojac la dernière ! Pour Jean-Paul ça faisait beaucoup comme coïncidences !

Il lui fallait creuser sur ce MURET et d'abord le retrouver !...

XVI

"J'ai regardé : aucune aide ! Je me suis désolé : aucun soutien ! Alors mon bras m'a sauvé, et ma fureur a été mon soutien."

Isaïe 63.V5

"Car ce seront des jours de vengeance, où doit s'accomplir tout ce qui est écrit."

Luc 21.v22

"Voici ton lot, la part que je te mesure, à toi qui m'oublies, pour te bercer d'illusions"

Jérémie 13.v25

Du fond de son bateau Éric révise méthodiquement le plan de sa vengeance. Il a tout placé sur une carte de France étalée sur la table de son carré. Tout y est placé grace à un tracé indiquant la progression du plan d'une ville à l'autre avec le souvenir et la date qui la concerne.

Il vient d'y ajouter le dernier lieu et la date "anniversaire" fatidique qui va clôturer leur présence commune sur cette terre.

Ce sera sa dernière victime et il lui fera l'honneur de partir avant elle.

Comme pour toutes les autres, il n'avait pas le désir de voir leur agonie. Des personnes mourir il en avait trop vu, et pourtant c'était dans un cadre "légal" qu'il avait donné la mort. Mais pour ces personnes qui n'étaient que des pions sur son jeu de piste, il ne souhaitait pas assister à leur supplice, c'était une façon d'occulter la notion sentiment de culpabilité, il en serait de même pour sa cible finale.

Elle, il a eu du mal à retrouver sa trace, mais c'était sans compter sur sa ténacité.

Sa dernière victime lui avait indirectement donné des indications. Il avait trouvé chez elle par une fouille discrète mais méthodique des notes sur celle qu'il poursuivait.

Ce n'était pas grand-chose, juste une adresse le Centre Médico-psychologique Service de santé mentale à Oloron-Sainte-Marie.

Ce n'était pas une certitude, mais une très grande probabilité qu'elle y ait trouvé du travail.

Il contacta donc cet établissement sous un prétexte de documents administratifs à lui transmettre.

Il eut facilement le secrétariat qui lui confirma sa présence dans l'établissement et lui donna son adresse personnelle pour un envoi postal directement chez elle.

Une fois l'information obtenue il s'était précipité sur sa carte pour la compléter.

Il allait laisser tout en place pour que le "fameux" flic qui avait été le premier à subir les mêmes tourments que lui comprenne le lien qui les unissait.

Il espérait qu'il trouverait son bateau, mais pas trop vite, pas avant qu'il ait accompli son œuvre.

De toute façon il avait un bon temps d'avance, d'après ce qu'il entendait sur les radios ou lisait dans les journaux, que ce soit police ou gendarmerie confondues, ils tournaient en rond, il était trop fort pour eux, et ils arriveraient trop tard ...

XVII

Dans le même temps, réunis devant une grande carte de France l'équipe parisienne se concertait.

Sur celle-ci étaient pointés les divers lieux des meurtres reliés entre eux par des fils rouges.

Sur chaque site étaient collées les photos des victimes avec un post-it et les informations les concernant.

Les remontées d'informations étaient centralisées dans leur cellule de travail. Mais autant les recherches dans les divers sites que les retours scientifiques, rien ne les faisait progresser. Le tueur semblait véritablement un fantôme ne laissant aucune trace sinon ses mots sibyllins.

Leur dernier espoir restait la piste des psys.

St Just en tant que psychiatre était sensible au fait que des "collègues" spécialistes du soin de la santé mentale soient particulièrement visés. Il avait poussé ses collègues policiers à s'intéresser à son hypothèse.

Pour lui c'était un malade mental qui agissait.

La piste des milieux sectaires avait été suivie mais assez vite laissée de côté. Étant donné leurs modes de fonctionnement, il semblait improbable qu'un élément seul ait pu agir au nom de la secte. Les membres sont sous influence restant entre eux dans des lieux souvent isolés et avec une activité discrète.

Par contre un membre exclu qui aurait fait appel à un psy et aurait eu la sensation de n'être pas compris pourrait avoir développé une rancune et du coup se venger. Mais cela n'explique pas le nombre de victimes ni la diversification des lieux. conclut St JUST.

— On doit donc faire le tour de toutes les structures des lieux où il y a eu des victimes, lister les hommes qui ont pris à partie des soignants et évaluer leur niveau de dangerosité. Et surtout comprendre ce qui lie les secteurs géographiques.

C'est à la police de proximité d'enquêter pour amener des éléments que l'on pourra confronter.

— Cela va prendre un temps fou déclara Aziz !

— On n'a pas assez de personnel pour ces recherches ajouta Jo.

— L'idée est intéressante coupa Roland, par contre il faut adapter la stratégie à nos moyens.

Pour ce qui est des hôpitaux et autres cliniques, on peut aller plus vite en envoyant un courrier par fax ou mail suivant les capacités techniques des structures. Ils feront le tri chez eux et ne nous transmettront que les cas litigieux.

Du coup on pourra demander à nos équipes locales de faire une enquête plus poussée sur ces signalements.

— Je suis d'accord dit St JUST.

— Moi aussi je crois que ça devrait marcher, en plus nous n'aurons pas à parcourir la France ajouta Jo.

Aziz était plus dubitatif.

— Ok ça pourrait nous faciliter la tâche, mais je persiste à dire que ça va prendre du temps, et on n'en a pas ! Lui, en attendant court toujours, et s'il faut il va s'évanouir dans la nature avant qu'on ait la moindre piste.

— Tu as une autre idée demanda le commissaire ?

— Pas trop terrible ! Ce serait de contacter tous les autres organismes non officiels, car votre solution ne prend en compte que les établissements reconnus, par contre il existe des tas de pratiquants qui ont été formés par des organisations plus ou moins valables.

Si notre "fantôme" a de la rancune envers les psys, c'est peut être qu'il a eu un problème relationnel soit en tant que patient, soit en tant que collègue ou confrère, il pourrait même être l'un d'entre eux.

— Tu penses que ça peut être donc un règlement de compte ?

— Pourquoi pas ?

— Tu ne nous fait pas progresser avec ça ! Souffla Jo. C'est encore plus compliqué que ce que tu critiques !

St JUST reprenant la parole reconnut que l'idée était intéressante et complémentaire de la sienne, qu'il fallait l'ajouter au premier projet, mais dans un deuxième temps.

— Les praticiens des écoles de psychothérapies comme la thérapie cognitives et comportementales (TCC), ou la Thérapie interpersonnelle (TIP) n'ont pas de dénomination spécifique, ce sera plus compliqué de les trouver, et encore plus les théoriciens parallèles proches du gourou ou de la secte.

Du temps, on n'en a pas effectivement, mais si on ne ferme pas toutes ces portes une à une, dans un mois on en sera au même point.

— Tout à fait d'accord, avec un peu de chance on trouvera une piste rapidement compléta Roland, et pendant ce temps d'autres infos pourront nous parvenir des régions, enfin, souhaitons le !...

XVIII

Après ses découvertes, Jean-Paul décida de s'impliquer directement et à temps complet sur ses recherches. Pour cela il prit les congés qu'il n'avait pas pris depuis longtemps et équipé de tout l'attirail du fin limier (cartes, appareil photo, jumelles …) se rendit directement à Royan.

On était déjà mi juillet, et au rythme quasi régulier des meurtres, le prochain, car il devait y en avoir logiquement un, devrait survenir avant la fin du mois.

A la poste, il lui fut facile de consulter les documents demandés à MURET pour ouvrir une boite postale. Une pièce d'identité et un justificatif de domicile.

Le problème est que le justificatif donnait comme adresse une maison à Léojac. Il revenait au point de départ !

Il insista pour savoir si le détenteur passait souvent relever sa boite.

— Difficile de dire répondit l'employé, tout le monde peur venir durant les heures d'ouverture, et souvent avec l'affluence, on ne remarque pas systématiquement ceux qui viennent retirer leur courrier !

— Peut-on savoir si elle est vide cette boite demanda Jean Paul ?

— Normalement non, mais si c'est pour aider la police on peut passer de l'autre côté, celui de la zone de distribution …

Arrivé dans le lieu où se trouvait le grand casier de classement des boites postales le postier désigna le casier correspondant à celle qu'il cherchait.

Instinctivement le policier saisit les enveloppes qui s'y trouvaient

— Non s'exclama l'employé, on n'a pas le droit d'y toucher !

— Je ne vais pas les ouvrir si c'est ce que vous croyez ! Je jette juste un regard sur les origines des courriers.

Des lettres sans entête plus une venant d'une compagnie d'assurance, et une autre du SYNDICAT MIXTE PORTUAIRE ESTUAIRE ROYAN OCÉAN LA PALMYRE.

— Intéressant ! dit Jean Paul. Merci beaucoup, ça me va dit-il à l'employé, vous voyez vous n'aurez pas d'ennui, et il sortit réfléchir à l'extérieur.

Il n'avait pas beaucoup de connaissances pour ce qui concernait le domaine maritime, il était plus branché moteurs et circuits. Le mieux était de se rendre à ce syndicat portuaire.

On l'orienta vers la capitainerie où il fut chaleureusement accueilli par une jeune hôtesse qui lui demanda le but de sa visite.

Il voulait savoir comment se passait la réservation d'un emplacement pour un bateau, les conditions financières, le règlement, la durée …

— Nous sommes un service de gestion soumis aux obligations de service public. En contrepartie des services rendus, l'utilisation du Domaine Public, qu'il soit Maritime ou Portuaire, est toujours soumis à une autorisation d'occupation et entraîne le paiement de redevances.

Nous percevons donc les redevances en fonction des prestations offertes, cela comprend : l'amarrage, la fourniture d'eau et d'électricité, les sanitaires, la récupération des déchets, l'utilisation des outillages, et les services supplémentaires proposés par le gestionnaire…

Il faut donc avoir un contrat d'amarrage, qu'il soit écrit (contrat saisonnier, annuel, d'amodiation ou de garantie d'usage) ou oral comme dans le cadre d'une courte escale, qui sera donc toujours soumis à redevance.

Sinon, cela constitue une occupation illicite sans droit ni titre passible de poursuites. Dit-elle d'une traite.

— Vous connaissez votre leçon par cœur lui répondit Jean Paul avec un sourire en coin !

— Je suis stagiaire dit-elle en rougissant, il le faut bien !

— Si je veux avoir des renseignements particuliers sur des propriétaires de bateaux à qui je dois m'adresser ? Je ne sais pas, il faudrait demander au Président.
— Bien, où puis-je le trouver ?
— Je… il faut prendre rendez-vous !
— Il me recevra, pouvez-vous l'appeler ?
— Bon, tant pis pour vous s'il ne veut pas, qui dois-je annoncer ?
— Commandant de police Jean-Paul GIRAUDON vous voulez voir ma carte ?
— Non dit-elle en rougissant de plus belle, c'est au premier étage porte face à l'escalier, je l'appelle.
— Le président l'accueillit dans son bureau au premier étage. Mon commandant, que me vaut votre venue ? Vous avez impressionné ma stagiaire.
— Je cherche un certain Eric MURET qui aurait un bateau amarré dans ce port.
— Un homme à problème ?
— Pas pour le moment à priori. Je voudrais le rencontrer il peut me donner des renseignements intéressants sur une affaire en cours. Il a bien un bateau ici ?
— Attendez une minute, je consulte le registre vous avez dit MURET ? Voilà, ponton 10 quai de l'Amiral Meyer, c'est un beau bateau, il a de l'âge,

mais il est bien entretenu avec un contrat annuel renouvelé depuis des années.

Je n'ai aucune remarque à faire sur ce bateau ni sur son propriétaire. Il règle ses frais de manière régulière, mais vous savez vu le nombre d'anneaux que j'ai à gérer, je n'ai pas le temps d'avoir des rapports particuliers avec tous les propriétaires.

Le bateau vous pouvez le voir d'ici, c'est "La Véronique", un "Symphonie" il est en face de la capitainerie, vous avez dû y passer à côté en venant.

Ayant remercié le président et fait en partant un grand sourire à l'hôtesse, Jean Paul réfrénant son impatience se dirigea vers le ponton comme un flâneur amateur de voiliers.

Au ponton n°10 il n'y a pas beaucoup d'animation. En cette matinée de vacances d'été, avec une météo favorable, la plupart des bateaux étaient sortis en mer.

Seuls cinq voiliers y étaient amarrés. Aucune vie apparente. En progressant vers l'extrémité, il vit une forme bouger dans une cabine puis sortir sur le pont d'un voilier qu'il jugea grand.

Un homme poitrail nu et casquette de travers, hâlé comme un vieux loup de mer, lui demanda ce qu'il cherchait. Il y a toujours une méfiance envers les inconnus sur les pontons.

Il se présenta comme policier pour rassurer le bonhomme, et entama une discussion comme une personne intéressé par les bateaux, mais qui n'y connaissait rien, ce qui était vrai.

Après une longue discussion sur les divers modèles de voiliers, leurs caractéristiques techniques et contraintes administratives, il aborda le sujet des relations entre propriétaires.

— Sur ce ponton, ça fait plus de quinze ans que je suis là, j'en ai vu passer du monde. Ça varie avec la situation financière des gens, mais il y en a qui sont stables, alors ca crée du lien, une solidarité de marins.

— Vous pouvez vivre longtemps sur votre bateau, je veux dire sans avoir de logement à terre ?

— En principe tout le monde a une résidence principale ailleurs, mais il arrive que suivant les variations de la vie certains transforment leur bateau en résidence temporaire. C'est le cas du bateau du deuxième anneau dont le propriétaire est actuellement en résidence plus ou moins fixe.

— Pourquoi plus ou moins ?

— Parce qu'il est souvent en déplacement. Il est commercial, justement pour du matériel pour les bateaux. D'ailleurs grâce à lui j'ai pu améliorer mon bateau en faisant de grosses économies.

Un type bien. Justement il est parti pour une nouvelle tournée avant-hier en me demandant, comme d'habitude, de jeter un œil sur son voilier.

Il le faut, car il le laisse toujours sans sécurité, il ne le ferme pas disant que si quelqu'un veut le cambrioler il le fera malgré tout. Pour entrer il l'abîmera et la réparation lui coûtera plus cher que ce qu'il y a à voler !

— Quelle différence y a-t-il entre vos deux voiliers, ils me semblent identiques ?

— On voit que vous n'y connaissez pas grand-chose, rien que la taille, le mien fait six mètres de plus que le sien. Il faut dire que je l'ai changé il y a trois ans, il se pilote presque tout seul, et son intérieur est plus adapté. Par contre j'ai un faible pour le carré de son bateau, il a une allure de vieux gréement que je n'ai pas avec le mien.

Regardez, si vous voulez bien, passez à mon bord, vous en aurez une idée …

La visite s'éternisa, le maître du bord ne tarissait pas sur les voiliers et la croisière au grand large qu'il s'apprêtait à démarrer dans une semaine.

Il fut interrompu par un appel de son épouse qui l'attendait à la gare. Elle arrivait de Bordeaux, justement pour cette équipée au large.

— Bon je dois y aller, mais je vous accompagne au passage vers le bateau de mon voisin, vous pouvez jeter un œil dedans, je vous fais confiance, surtout ne déplacez rien et refermez bien en partant.

Tout heureux de cette opportunité, avec précaution, Jean Paul monta à bord du voilier. Effectivement il avait un cachet différent de celui qu'il venait de quitter. Le pont en teck était reluisant, preuve d'un entretien minutieux.
La grand voile soigneusement protégée dans sa housse sur la bôme, le génois complètement démonté, tout indiquait que le bateau était en mode repos, étrange pour la saison où les sorties en mer étaient les plus agréables.

Le rouf lui permit une descente facile dans la première partie du carré avec la table à cartes à gauche et de l'autre côté une petite cuisine. La deuxième moitié, le carré proprement dit, précède l'accès à la cabine avant.
Sur la droite, entourée par les banquettes du salon, une grande table carrée était recouverte d'une carte

de France parsemée d'étiquettes reliées par de grandes lignes.
Cela attira tout de suite l'attention de notre commandant. On dirait que tout a été laissé volontairement en place pour que quiconque puisse le voir pensa-t-il.

Le tout faisait penser au tracé d'un circuit avec des étapes. Bizarre de trouver ça sur un bateau, pensa Jean Paul, à moins que ce soit pour son travail de commercial ?
Se penchant sur l'ensemble il constata que ce circuit intégrait les villes dont les noms torturaient ses méninges, les villes où le "fantôme" avait agi. Sa première idée était qu'au minimum cet homme s'intéressait à ces affaires de manière morbide.

Mais cette théorie ne dura pas quand il vit annoté à chaque fois les textes écrits sur les réveils.
A part les premiers les autres n'avaient pas été publiés dans les médias, pourquoi et comment en avait-il eu connaissance ?
La seule raison possible c'est que l'auteur de ces écrits, l'auteur de cette macabre série de meurtres, était le propriétaire des lieux !…

Confirmant cette perception des choses, il trouva sur le côté une feuille planifiant de manière complète les liens entre toutes les affaires et en donnant le sens.
Une correspondance de lieux, de date, et de victimes avec l'histoire personnelle que l'auteur avait vécu, mais pas seulement lui, car il incluait une autre personne : " lui ", Jean-Paul GIRAUDON le premier mari de sa cible, Sylvie POLLET !

Il comprend maintenant la logique perverse du tueur.
Il estime qu'en tant que premier conjoint, il n'aurait pas dû se laisser faire. Comme lui, avec la même colère, il était de son devoir d'éliminer cette femme perverse pour l'empêcher de nuire à nouveau.

Comme cela n'a pas été fait, il doit donc s'en charger lui-même, mais aussi impliquer celui qui par lâcheté a permis qu'il soit à son tour victime de cette mauvaise créature.

Le texte du premier meurtre, "*Car ce seront des jours de vengeance où doit s'accomplir tout ce qui est écrit.",* indique que cela va se dérouler dans la durée.

C'est aussi pour le concerner et également le narguer qu'il a démarré sa série par le lieu de travail du premier mari qui de plus est dans la police à Alençon.

Sur la feuille, il retrouve toute la planification et comprend la date du final organisé

Alençon 26/01 correspond au premier mariage avec le flic local.

"Pour toi et moi ..." Flers 21/02 correspond à la date et lieu du premier divorce.

"... ce que tu n'as pas su faire..." Lille 09/03 correspond à la date et lieu de naissance de Sylvie.

"... je le ferai ..." Angers 20/04 correspond à la date et lieu de sa rencontre avec Sylvie.

"... à ta place ..." Royan 16/05 correspond à sa date et lieu de naissance.

"... pour notre anniversaire ..." Léojac 28/06 correspond la date et lieu 2° divorce.

"... à bientôt dans l'au-delà ..." Barcus 26/07 c'est un 26 qu'ont eu lieu les deux mariages.

— Les 2 mariages de Sylvie ont eu lieu un 26 ! C'est pour ça qu'il parle d'anniversaire ! s'exclame Le policier.

Son final, si je comprends bien, est prévu dans moins d'un jour et comme il est méticuleux, il va vouloir aussi faire correspondre le moment même du mariage donc vers 15 h !

Il va falloir le prendre de vitesse …

Heureusement qu'il a indiqué le lieu où cela doit se passer ! Barcus ça doit être facile à trouver !

Effectivement, sur la carte, il trouva rapidement ce village des Pyrénées-Atlantiques situé non loin d'Oloron Sainte Marie. Par contre trouver l'adresse de la future victime, c'était moins facile.

Comment le meurtrier a-t-il fait pour la trouver ? Il aura peut être obtenu des informations par sa dernière victime qui connaissait bien Sylvie.

Il faut demander aux gendarmes de voir si chez la dernière victime il n'y a pas une trace de son ex. Mais il ne donnera pas la véritable raison de cette recherche, simplement suggérer que Sylvie peut faire avancer l'enquête.

En fait, il veut travailler en solo. Le tueur l'a mis au défi, il se croit le plus fort, il va voir à qui il a à faire !

En plus il peut prendre de vitesse tous les autres enquêteurs, et sauver l'honneur de son petit commissariat de province. Au pire s'il y a un problème, il fera appel aux gendarmes locaux.

Il appela longuement le lieutenant DONNAY à Montauban, pour demander si dans les papiers trouvés chez la victime, il n'y avait pas la trace d'une certaine Sylvie POLLET, l'ancienne femme d'Eric MURET sur qui il lui avait déjà demandé des renseignements.

Il justifia sa demande par le fait qu'elle était collègue de la dernière victime à Léojac, en l'interrogeant, on pourrait trouver quelque chose…

— Nous n'avons pris aucun document sur place déclara le lieutenant, tout était en ordre et n'avons pas eu de demande de recherche particulière de la part des enquêteurs parisiens. Ce sont eux qui mènent les recherches, et on ne veut pas qu'ils nous reprochent de marcher sur leurs plates-bandes !

— Je comprends bien dit Jean Paul, mais serait-il possible d'envoyer vos gars faire une fouille discrète ?

— Que cherchez-vous ?

— Juste la nouvelle adresse de Sylvie POLLET, après, je me charge de la rencontrer.

Vous ne serez en aucun cas mis en cause, j'ai les épaules assez solides pour contrer les remarques de mes collègues du SRPJ. Plus vite vous pourrez me trouver ces coordonnées, plus vite je pourrai progresser.

— Je ne garantis pas que vous ayez ça dans la minute, je vais voir si j'ai une patrouille dans le secteur, sinon ça risque d'être un peu plus long…

— Faites pour le mieux, mais le plus vite serait bien ! J'espère que vous trouverez quelque chose. Merci mon lieutenant !

Apres avoir raccroché, il se dit que pendant que les gendarmes cherchaient de leur côté, il devait pour gagner du temps aller en direction de Barcus, puisque d'après le plan du tueur c'est là que doit se dérouler l'épilogue de ce jeu de massacre.

Il serait toujours temps de s'adapter en fonction de ce qu'il aurait comme informations.

Pour aller de Royan à Barcus, il y a dans les 350 km donc 4 bonnes heures de route. Il pouvait passer après Bordeaux soit par Pau soit par Dax il choisit la deuxième solution qui lui permettrai dans les Landes d'aller plus vite, le gyrophare lui permettant de dépasser les limites de vitesse.

Il était déjà très tard, et il n'avait pas mangé depuis le matin. Avant de prendre la route il chercha le dernier coin ouvert pour reprendre des forces.

Son repas fut l'occasion de recentrer sur lui sa réflexion. Il était visé par le tueur comme responsable pour ne pas avoir "résolu" le problème en premier. *" Ce que tu n'as pas su faire… je le ferai … à ta place".*

Au rappel de la douloureuse rupture, se ranima cette souffrance qui restait toujours en arrière plan malgré le temps. Jean-Paul sentit alors monter en lui une pointe de rancœur et l'idée de vengeance développée par le fantôme ne lui semblait tout à coup pas si horrible que ça, presque une logique délivrance.

Se pourrait-il qu'il profite du tueur pour assouvir sa propre rancune ? Réalisée par un autre, ce serait le crime parfait s'il ne s'impliquait pas entièrement dans sa poursuite.

Laisser le tueur agir et arriver "juste" trop tard !

Cela serait doublement positif, d'une part il aurait lui aussi sa vengeance, et d'autre part la gloire d'avoir bouclé seul l'affaire.

"Pas sûr que tu te sentes mieux après et que le remord ne prenne la place de ta peine actuelle, lui murmura une petite voix en arrière plan ..."

Il était plus de minuit quand il reprit la route sans autre nouvelle de Montauban. Du coup il ne se pressa pas. La nuit, il ne pouvait pas faire grand-chose, alors un peu avant Orthez, il s'arrêta sur un petit parking pour dormir un peu.

XIX

"Car il est venu le grand jour de leur colère, et qui peut subsister?"   *Apocalypse 6:17*

Le 26 est un nombre Capital. C'est un hasard du destin qui a fait que deux samedis 26 l'un de 1983 et l'autre de 1998 correspondent aux dates des deux mariages de Sylvie.

C'est ce qu'il a appris au fil de sa minutieuse enquête pour comprendre qui était réellement la femme à qui il avait voué sa vie.

Considérant que les psys comme son ex sont une "espèce" indésirable qui fait plus de mal que de bien, il les a associés en tant que "complices" et les a choisis dans une planification minutieuse pour chaque meurtre.

En faisant correspondre les meurtres aux dates clés de la vie de Sylvie, de son parcours et du sien, c'est une sorte de pèlerinage morbide qu'il a réalisé et qui va s'achever demain.

C'est donc un samedi 26 qui devient la date prévue pour "son final".

Justement le 26 juillet de cette année 2008 correspond à un samedi. C'est ce jour qu'il a retenu dès le départ et qui arrive dans quelques heures.

Connaissant le nom du village de Sylvie, et sachant qu'elle travaillait le matin, il s'était rendu le vendredi vers les 10 heures à Barcus pour repérer les lieux comme il l'avait fait pour les sites de ses précédentes victimes. Il avait pris son temps afin de ne pas se faire remarquer, se faisant passer pour un livreur il réussit à se faire indiquer la fameuse résidence qui était en fait une maison. Sur une petite route montante partant du nord du village se trouvaient deux maisons isolées séparées par une centaine de mètres, celle qu'il cherchait était la dernière.

C'était une assez grande bâtisse construite sur deux nivaux utilisant la pente du terrain avec un grand balcon sur le coté orienté vers la maison voisine. Un petit portail donnait accès à un garage. À sa gauche se trouvait une première entrée sous un escalier tournant qui montait à l'étage. Deux appartements distincts. Visiblement l'étage était inoccupé. Celui du bas plus petit à cause du garage était logiquement celui de Sylvie.

Méticuleusement il avait examiné cette maison. L'escalier était du côté invisible de la maison voisine et, à moitié caché par un cerisier, était peu discernable de la route. Cela facilitait la mise en place du système qu'il avait bien rodé. Les barrières du haut de l'escalier permettraient la fixation des cordes, seule différence cette fois-ci, le contrepoids ce serait lui. Il avait prévu de se pendre le premier l'entraînant dans la mort par la même corde une fois que le réveil aurait accompli sa tâche. Elle le verrait mourir devant elle et aurait ainsi le temps de méditer sur la trahison de son serment. Ils resteraient ainsi liés dans la mort comme ils se l'étaient promis …

Ayant vérifié sur place les modalités qu'il avait planifiées dans sa tête, il était retourné à Oloron où il avait prévu de passer sa dernière nuit de solitude.

Le matin du jour fatidique vers onze heures, il gara sa voiture en haut, sur un petit chemin qui montait dans la frondaison en face de la maison et se posta pour attendre le moment propice. Le temps était beau, et la lumière lourde de ce jour de juillet permettait de voir à l'intérieur par des fenêtres grandes ouvertes. Il la vit vaquer dans le jardin puis à l'intérieur préparer son repas.

— Si tu savais que c'est ton dernier ! murmura-t-il.

Il avait prévu de réaliser son final à quatorze heures trente moment où elle lui avait dit oui. Pour cela, il fallait donc mettre en place son dispositif pour déclencher le démarrage du réveil au plus tard cinquante minutes avant.

Treize heures passées, Eric saute par-dessus le petit portail gris, passe sous l'escalier qui accède à la terrasse et frappe à la porte d'un coup sec. La porte s'ouvre sur une Sylvie surprise.

— "toi" ! Le claquement du taser lui répondit…

XX

La sonnerie de son téléphone le fit sursauter. Tout engourdi, il le porta à son oreille.

— Commandant GIRAUDON ?

— Lui-même.

— C'est le lieutenant DONNAY ! J'ai une info pour vous. Mes hommes ont trouvé griffonné sur un carnet à côté du téléphone de la victime une adresse : *Service de santé mentale à Oloron-Sainte-Marie.* Je me suis renseigné il dépend du Centre Médico-Psychologique. Peut être que celle que vous cherchez y travaille. Je vous laisse les coordonnées pour prendre contact avec eux ?

— Oui, je le fais de suite. Merci beaucoup !

Il regarda rapidement sa montre et sursauta. Dix heures trente cinq ! Il avait trop dormi !

Heureusement Oloron n'est pas loin, il va passer directement au Centre, avec un peu de chance elle y travaille !

Cet espoir est contrarié par le fait de devoir se retrouver face à la mère de ses enfants.

C'est une chose qu'il attend et appréhende depuis longtemps, comment va-t-il se comporter, et elle, qu'elle sera sa réaction, voudra-t-elle l'entendre ? Ne pensera-t-elle pas à une manœuvre pour la reconquérir ?

A l'accueil de l'hôpital, il fit forte impression en se présentant de manière sèche avec sa carte de police. Avec diligence on le mit en rapport avec le service du personnel qui confirma bien l'emploi de Sylvie à mi-temps le matin, mais on était samedi et elle ne travaillait pas le weekend.

— Vous avez son adresse ?

— Elle habite à Barcus mais je n'ai pas d'adresse précise. C'est un petit village elle doit être facile à trouver !

Cette imprécision n'arrangeait pas les choses, encore une perte de temps ! Il remonta dans sa voiture et démarra en trombe car le temps passait de plus en plus vite, et l'échéance avec.

En une vingtaine de minutes, il fit le trajet jusqu'au village. Arrivé à l'intersection de la D24 avec la D59, il se rendit compte que cette bourgade était toute en longueur.

Passant devant le fronton qui jouxte la mairie et l'église, il s'arrêta au bar en face pour demander où était la poste

— Environ 500 mètres à droite mais c'est midi passé vous ne trouverez personne !

— Je cherche l'adresse précise d'une femme qui est psychothérapeute.

— Psychothérapeute ? C'est quoi ce métier ?

— Sylvie POLLET vous connaissez ?

— Non ça nous dit rien, ce n'est pas un nom d'ici.

Laissant les buveurs à leur apéritif il repartit.

— Il me faut y aller il doit bien y avoir des gens autour qui pourront me renseigner quand même ! pensa Jean Paul

Le bureau de poste du village est installé dans une maison blanche au colombage rouge typique du pays basque, la partie droite servant d'habitation. Le bureau proprement situé sur la gauche dans un genre d'appenti était évidement fermé.

Son isolement relatif en bordure de route n'en faisait pas un lieu de passage important, mais il eut la chance de voir se garer une voiture et en sortir une dame d'une trentaine d'année qui venait déposer du courrier dans la boite sur côté gauche du rideau fermé.

— Vous avez besoin de quelque chose demanda-t-elle ?

— Je cherche l'adresse d'une personne, Sylvie POLLET, vous connaissez ?

— Qu'est-ce que vous lui voulez, vous êtes de la police ? répondit-elle de façon ironique.

— Tout à fait ! Content de l'effet produit par sa réponse, il la rassura. J'ai des renseignements à lui demander, pour trouver l'adresse je pensais que la poste est l'endroit indiqué, mais …

— Je peux vous aider, c'est la nouvelle psy qui s'est installée ici il y a peu ?

— Effectivement !

— Je ne comprends pas pourquoi elle est venue ici, et en plus dans un coin à l'écart. Elle loue le rez-de-chaussée aux IRRYBERY, mais ils vivent à

Biarritz maintenant qu'ils sont à la retraite. C'est facile à trouver. Vous repassez devant la mairie, dans la descente après le fronton, vous prenez la première petite route à gauche.

La route monte, vous passez les maisons et continuez après environ 300 mètres ça remonte jusqu'à une grande maison blanche, ce n'est pas celle-là, c'est la suivante 80 mètres plus loin. Elle a un toit en tuiles et un grand balcon sur le côté.

— Merci beaucoup madame, dit Jean Paul remontant dans sa voiture pour faire demi tour.

Il trouva facilement l'intersection et, dépassant les maisons ralentit, afin de cacher son gyrophare. Il ne sait pas à quoi s'attendre. Si le tueur est dans les environs il risque d'avoir des réactions violentes.

Comme l'après midi s'avance il doit être sur le point de finir son œuvre.

Ne connaissant pas les lieux, roulant au pas, il arrive à la grande maison blanche. Par chance en face un chemin de terre monte sur la gauche, il s'y engage le remontant pour mettre sa voiture à couvert.

Quittant la voiture il continue de monter sur le chemin qui est bordé de petits arbustes buissonneux. Après quelques mètres, il bute sur une voiture qu'il n'avait pas pu voir d'en bas.

Celle du tueur ? Arrive-t-il trop tard ? Par chance le pré en dessous permet une vue directe sur la route et la fameuse maison. Il avance de façon à être en face et, surplombant les lieux, il se pose pour observer.

La maison est bien comme on la lui a décrite avec son grand balcon extérieur, mais a en plus une terrasse couverte au même niveau sur l'autre côté.

Les détails restent indistincts à cause de la distance et de sa vue qui commence à baisser.

Il doit faire un retour à sa voiture pour récupérer ses jumelles.

Revenu à son point de départ, il reprend l'observation de la terrasse couverte qui avait attiré son attention.

Sur un côté se balance le corps d'un homme manifestement pendu. Sur l'autre il reconnait Sylvie qui est dans une position instable, une corde autour du cou mais non tendue.

Il y est arrivé s'exclame intérieurement Jean-Paul ! Mais le processus n'est pas terminé, le réveil doit toujours décompter les minutes, combien en reste-t-il ?

Immédiatement, il appelle la gendarmerie d'Oloron, se présente et annonce sa découverte. Il leur dit qu'il va tout faire pour arrêter le processus mais qu'il n'est pas certain d'arriver à temps.

Décrivant l'endroit où ils doivent le rejoindre, il leur demande aussi de contacter les pompiers pour qu'ils puissent prendre en charge une personne et un cadavre sinon deux …

Il raccroche…

Il se trouve dans la situation qu'il a envisagée hier. En quelques secondes il doit prendre une décision irrémédiable.

Va-t-il céder à la provocation du malade réalisant avec lui une vengeance personnelle ?

Peut-il passer outre la douleur qui lui tord toujours le ventre et malgré tout, faire ce pour quoi il s'est engagé ?

La pression est forte ; agir ou subir ?

Il n'a que quelques minutes pour empêcher ça, mais le veut-il ?

Sa décision est prise. Déterminé à en assumer les conséquences, il se dirige vers le lieu fatidique …

Seule sa conscience, sera juge de son choix …

Fin

Ce livre est une fiction, des propos sont attribués aux personnages. Ces personnages sont imaginaires, et les lieux décrits sont en partie réels, en partie inventés.

Les situations évoquées ne doivent pas être associées à des personnes ou à des événements existants ou ayant existé, aux lieux cités, ni permettre de porter un jugement sur les faits et les personnes.

- Citations bibliques extraites du site Alliance biblique française "Traduction Œcuménique de la Bible (2010)"

- Sourate 2 verset 187 et Sourate 2 verset 223 tirées de la "Traduction classique du verset" (Oregon State University)

- Corde Kanirope®dyneema PRO ø4 mm Inventée et fabriquée par la société DSM Dyneema

- Taser X-26 Brevets Axon

- série "Symphonie" Marque Jeanneau Architecte Philippe Briand
  Année de lancement1978 - Année de fin de la série1984

Crédit Photos

- Page 1 de couverture sur photo de fond de
photo "licence CC0" pxhere.com/fr/photo/1637679
"La Harpie Celaeno"(1902) de Mary Pownall (plus tard Bromet)
Kelvingrove Art Gallery and Museum (Écosse)

Montage graphique J. Clauzon (2021)

- Page 4 de couverture "Brouillard sur Montpellier"
Photo Jacques Clauzon (2022)